AF150443

F. U. Ricardo

Was war zuerst … Huhn oder Ei?

F. U. Ricardo

Was war zuerst…
Huhn oder Ei?

Ficardo, F.U.
Was war zuerst…Huhn oder Ei?
- 1. Aufl.- 2014
Herstellung und Verlag:
BoD – Books on Demand, Norderstedt (www.bod.de)
ISBN: 978-3-7322-8213-5

Foto Umschlag: © koszivu - Fotolia.com

Einleitung

Eine oft gehörte Frage, wenn man vor einer schier unlösbaren Sache steht. Und doch, sogar diese Frage lässt sich beantworten. Wie denn?

Der Autor weilte oft in Afrika, und zwar auch mal weit weg von der so genannten segensreichen Zivilisation, dass man irgendwie geradezu romantisch glücklich wurde, auch ohne sauberes Wasser und mit viel Käfern und anderem Getier. In einer sehr einfachen Unterkunft meinte dann der Kellner, der auch Mädchen für alles war: „Was wollen Sie denn zum Abend essen? Vielleicht ein Hühnchen? Dann muss ich Sie aber darauf aufmerksam machen, dass es zum Frühstück kein Ei mehr gibt."

Also, wenn auch kein Huhn mehr da ist zum Brüten, könnte sogar ein befruchtetes Ei nicht mehr Leben zum Schlüpfen bringen.

Ist es nicht so mit allem? Was war am Anfang? Der Urknall, die Ursuppe, das Chaos, die Schöpfung oder wirklich einfach ein Nichts? Aus nichts kommt nichts. Wäre es nicht wieder an der Zeit, sich mal mit einem der ersten Sätze in der Bibel auseinanderzusetzen, in denen es heisst: „Und der Geist Gottes schwebte über den Wassern."

Natürlich, sonst war alles ja „wüst und leer", aber nicht einfach nichts.

1

„Aus dem Nichts kommend, ein paar Jahrzehnte hier leben, und dann ins glückliche Nichts zurückkehrend, das ist also deine Lebensphilosophie? Ist das nicht ein bisschen dürftig? Aus einer Nullrunde heraus wieder ins Nirwana?"

„Nirwana, dieser alte buddhistische und auch hinduistische Begriff, wurde lange Zeit völlig falsch in westliche Sprachen übersetzt. Und dadurch entstand ein grosser Irrtum", entgegnete der Angesprochene.

„Vielleicht nicht nur durch Übersetzungen entstanden Irrtümer, sondern auch durch noch so grosse Denker?"
„Auch grosse Denker waren manchmal nur Dummköpfe."

„Du sagst es."

„Ebenso deine Theorien von einer so genannten Jungfrauengeburt, Wunder en masse und Auferstehung von den Toten, von dem alles die Bibel berichtet."

„Bitte beleidige mich nicht, wenigstens nicht so plump."
„Aber hör mal, Liebste. Das Wort Nirwana wurde zunächst im europäischen Sprachraum mit ‚Nichts'

übersetzt und dadurch dem Vorwurf ausgesetzt, eine nihilistische Lehre zu sein. Nirwana kann eigentlich gar nicht übersetzt, sondern nur erlebt werden."

„Im Gegensatz zur Jungfrauengeburt und Auferstehung. Dort kann man nichts erleben, sondern nur den Kopf schütteln. Oder sind das vielleicht auch Übersetzungsfehler? Jetzt kommt dann gleich noch dein Vorwurf an den Schöpfungsbericht der Bibel, dass Gott alles in sechs Tagen erschaffen hat und werden liess. Das waren eben keine Tage von vierundzwanzig Stunden. Wissenschaft und Glaube könnten sich gegenseitig so schön ergänzen, wenn nicht jede Fraktion voller Vorbehalte auf die andere herabblicken würde.

Warum denn nicht Schöpfung und Evolution? Steht denn nicht hinter dem Urknall und der Ursuppe doch ein ordnender und schöpferischer Geist? Der Bericht der Bibel ist natürlich so kurz gefasst wie heute ein Spickzettel. Man hatte damals zum Schreiben noch keinen PC, sondern nur Hammer und Meissel, die einen Stein bearbeiteten. Da beschränkt man sich auf das Allerwichtigste."

„Sei doch nicht so aggressiv. Wir diskutieren doch nur wieder einmal, aber ganz leidenschaftslos."

„Das kann ich in solchen Angelegenheiten eben nicht."

„Darum liebe ich doch auch so, du leidenschaftliches Mädchen. Nirwana bedeutet ‚erlöschen, verwehen', also ein Ende aller persönlichen Vorstellungen vom Dasein, sogar von Sucht oder Gier."

„Auch Liebe und Hass, die Urgefühle des Menschen?"

„Ja, auch das. Und dies bringt endlich Frieden. Das völlige Auslöschen des eigenen Bewusstseins."

„Ist das nicht ein wenig langweilig, vor allem für uns Westler?"

„Ja, so ist eben unser Denken. Die Welt dreht sich um uns und nicht wir drehen uns um die Welt, denken wir. Wir sind so unendlich wichtig, dass wir doch unmöglich einmal ausgelöscht sein können, dass wirklich alles vorbei ist und alles endlich Frieden findet."

„Ich würde auch schon jetzt Frieden finden, wenn wir unsere heisse Diskussion beenden und in ein gutes Restaurant essen gehen. Oder willst du lieber weiter diskutieren und in Askese leben?"

„Ich bin doch kein Mönch."

„Aber manchmal hast du etwas von einem Mönch, der aus dem fernen und ach so weisen Osten kommt."

2

So marschierten Sybille und Reinhold Sommer, er vergnügt und sie etwas düpiert über ihre Unterhaltung, ein noch junges Paar aus Zürich, bis jetzt kinderlos, aber eigentlich ziemlich glücklich, in ein nahegelegenes italienisches Restaurant und versprachen sich gegenseitig, die Konversation dort auf eine ganz andere Ebene zu verlegen.

Der Frühling kam endlich und das merkten die beiden nicht nur an der Luft und an den Knospen der Sträucher und Bäume, sondern auch in ihrer gegenseitigen sexuellen Lust aufeinander. So wurde das Essen, trotzdem dies wie immer hervorragend schmeckte, ziemlich abgekürzt. Man wollte die Frühlingsdüfte und Lüfte ja auch wieder einmal ins eigene Schlafzimmer eindringen lassen.

Aber, oh weh, wie sah ihre Attikawohnung mit traumhaftem Blick über die Stadt und etwas See sowie die lieblichen Hügel um Zürich aus. Sicher ist Frühjahr nicht Einbrecherhochsaison, sondern eher die Winterzeit mit den langen Nächten.

Aber Emil und Willi, zwei etwas arbeitsscheue Jugendliche, durchaus aus guten Verhältnissen stammend, die aber die halbe oder auch die ganze Welt immer mehr ankotzte, meinten zueinander: „Nicht bei klirrender Kälte, wo jedermann zuhause rum hockt und alle Fenster, Türen und Ritzen verriegelt hält und sich meistens vor der Glotze langweilt, ist die ideale Zeit für einen Bruch, sondern dann, wenn der Frühling in die Glieder fährt, wenn alle Löcher aufgerissen werden und man strebsam zum ersten Abendausgang marschiert. Dann muss man schnell und gründlich rein in Luxuswohnungen und nur das mitnehmen, was sich lohnt, also Geld und Schmuck. Keine Teppiche, Bilder oder teure Elektronik. Das bringt nur wieder Risiken beim Verscherbeln."

Die beiden Jungen waren aber diesmal sehr enttäuscht, denn trotz vorsichtigen und längeren Studiums über An- und Abwesenheit der Bewohner und einer nicht ganz ungefährlichen Kletterpartie über drei Stockwerke, die jetzt wirklich alle verlassen waren, fanden Emil und Willi in der Wohnung Sommer lediglich etwa 600 Franken Bargeld und einige kleinere Goldkettchen und Anhänger.

„Damit können wir nicht nach Südamerika abhauen. Damit kommen wir nicht einmal bis Frankfurt am Main.", frotzelten sie und schworen sich, das nächste Mal noch besser zu recherchieren.

„Da waren gewiss wieder diese verfluchten Asylbewerber an der Arbeit, die Geld suchten für ihren Stoff. Es fehlt nichts ausser etwas Bargeld und bescheidenem Goldschmuck. Aber eine Schweinerei haben sie hinterlassen, dass unsere Wohnung direkt als Filmkulisse für einen Raubüberfall dienen könnte. Wollen wir die Polizei rufen?", maulten Sybille und Reinhold erschrocken bei ihrer Rückkehr vom Italiener.

„Ich glaube, das ist zwecklos. Ja, sie müssten natürlich schon kommen. Aber wann und wie? Machen wir ein paar Aufnahmen mit dem Handy und melden den Schaden unserer Hausratversicherung. Nach vielen Formularen bekommen wir dann vielleicht in einem halben Jahr einen Trostpreis."

„Die Versicherung zahlt aber gewiss nur mit einem Polizeirapport. Komm, Liebste, wir schliessen die Wohnung wie im tiefsten Winter und übernachten im nahegelegenen Hotel. Ich möchte jetzt nicht den ganzen Dreck aufräumen. Bist du sicher, dass dies Asylanten waren? Vielleicht auch stinknormale Schweizer."

„Schon möglich. Nur sagen die Statistiken grösstenteils etwas anderes."

„Ich glaube prinzipiell nur an Statistiken, die ich selbst gefälscht habe."

„Wo willst denn du als Zahnarzt Statistiken fälschen?", lächelte Sybille ihren Reinhold nach längerer Zeit wieder an. „Komm, um diese Zeit ist im Hotel keine Bar mehr auf, sondern nur noch die Minibar im Zimmer. Trinken wir doch noch einen schönen Champagner auf diesen ereignisreichen Tag."

„Ja, und nachher nehme ich eine Schlaftablette, damit ich nicht die ganze Nacht über unser Pech nachgrüble."

„Ich denke, alles ist doch bei dir Kismet, also vorausbestimmt?"

„Das sind die Moslems, nicht die alten Denker aus Asien. Du verwechselst schon wieder mal Äpfel mit

15

Birnen. Aber nach heftigem Lieben könnest du vielleicht auch schlafen?"

„Versuchen wir es und versinken wir im Meer der Begierde", lächelte Sybille verführerisch.

„Wenn du das spöttisch meinst, dann bestelle dir besser sofort ein Einzelzimmer oder übernachte auf dem kleinen Balkon. Aber Vorsicht, der ist wirklich klein, und wir sind hier im fünfzehnten Stockwerk."

„Schön, dass du doch noch ein bisschen besorgt bist um mich", grinste Reinhold, etwas unergründlich lächelnd. Aber wer weiss schon, was im tiefsten Innern manchmal selbst beim Partner vorgeht?

Es wurde eine Nacht, die unvergesslich war. Sie entschwebten allem Durchlebten, sie flogen, sie flossen ineinander über, sie verschmolzen, sie explodierten, sie fühlten sich so eins, wie das vermutlich nur ein Paar erlebt, das sich schon einige Zeit kennt, das sich vor allem liebt und für den andern alles gibt.

„War das nicht eine Nacht aller Nächte?", fragte er unglücklicherweise anderntags beim Frühstück Sybille.

„Ja. Aber warum fragst du?"

„Weil auch das natürlich alles aus dem Nichts entstanden ist, damit die Natur sich weiter erhält. Und dabei ist natürlich absolut nichts Schöpferisches oder gar Göttliches? Sag mir mal, woher kommen Leben und Licht? Alles aus dem Nichts?"

„Oh nein, Sybille. Bitte nicht jetzt. Gewiss, es ist göttlich und kann sogar auch teuflisch sein. Aber lass uns später darüber grübeln. Jetzt hast du damit begonnen, aber findest du nicht, dass heute keine Zeit ist für Bekehrungsversuche?"

„Sicher?"

„Sicher was?"

„Später?"

„Ja, unbedingt. Wir könnten ja auch auf diesem Gebiet noch zu einer Übereinkunft kommen. Aber dafür kämpfen wir mit gleich langen Spiessen."

„Bestimmt."

3

Die Polizei gab sich am nächsten Nachmittag ungewohnt freundlich und ein Beamter meinte nur: „Warum haben Sie nicht gestern Nacht noch angerufen?"

„Wir hätten Sie überhaupt nicht bemüht, aber die Hausratversicherung verlangt leider einen Polizeirapport, um für den Schaden aufzukommen. Wir können uns gut vorstellen, dass solche Meldungen zuhauf bei Ihnen eingehen und dass es manchen Polizisten ankotzen könnte, immer für solche Bagatellen ausrücken zu müssen, zu fragen und zu schreiben."

„Nun ja, aber Versicherungsbetrug ist ja auch nicht lustig. Ein Grossteil unserer Arbeit sieht halt nicht so spannend aus wie im Fernsehkrimi."

„Obschon diese auch immer langweiliger werden."

„Ja, es gibt zu viele und man schaut zu viele. Wer soll da noch einen echten Knüller servieren können. So, ich habe die Liste der gestohlenen Sachen, wir haben die

Fotos. Spurensuche wäre hier wohl zwecklos. Schönen Tag noch und viel Spass beim Einräumen."

„Oh ja, den haben wir bestimmt. Die Hälfte von dem, was hier herumliegt, fliegt sowieso gleich in den Müll."

„Ich muss das sagen, obwohl es abgeklatscht tönt: Sie wohnen hier sehr schön und verlockend, auch für Diebe. Sie sind nicht auf einer Alpwiese. Darum schliessen Sie die Fenster und Türen, wenn Sie weggehen. Meistens werden die Leute zuvor sehr genau ausspioniert und ihre Schwachstellen ausgenützt. Die Banden oder auch Einzeltäter kommen heutzutage überall rein", leierte der Polizist seinen Vers herunter, grüsste aber freundlich und verschwand mit seinen Kollegen, die ihm ziemlich missmutig nachtrotteten.

Nach einer sehr schnellen Aufräumaktion, nach der nur noch zwei Schubladen etwa klemmten, weil diese zu grob herausgerissen wurden, schlug Sybille plötzlich vor: „Könnten wir nicht einfach mal für eine Woche abhauen und nur für uns sein? Hast du viele Patienten in nächster Zeit oder könnte deine Perle in der Praxis nicht diese Termine schieben?"

„Wohin möchtest du, meine Liebste. Übrigens, meine Zahnartgehilfin ist keine Perle, sondern oft eine etwas dumme Ziege."

„Immer für dich oder nur vor mir? Ich meine dumme Ziege. Irgendwie kommt sie mir doch ziemlich durchtrieben vor. Aber aufgepasst, mein Göttergatte:

Ich merke alles. Nun, ich möchte mal irgendwohin, wo wir noch nie waren. Wie wäre es zum Beispiel mit Dakar im Senegal?"

„Wie kommst du denn ausgerechnet darauf?"

„Weil man von dort, wenn es uns nicht passt, abhauen kann auf die Kap-verdischen Inseln, also wirklich mal in eine andere Welt?"

„Erzähl noch ein bisschen weiter und du wirst mich vielleicht sogar überzeugen."

„Was selten geschieht. Aber hoffen kann man ja", lächelte irgendwie schon siegesgewiss Sybille.

4

Frau Domamüller war vermutlich doch eine kleine Perle, denn sie schaffte es, alle Patienten der übernächsten Woche auf später zu vertrösten oder dringende Fälle zu einem Kollegen von Dr. med. dent. Reinhold Sommer zu überweisen.

Jedenfalls sassen dieser und seine Frau Sybille eine Woche später in einem Flugzeug der Air France von Paris nach Dakar. Sie gönnten sich sogar Business Class, von der man aber wenig merkte, ausser natürlich am Ticketpreis und am etwas besseren Wein als hinten in der so genannten Holzklasse. Man flog ja schliesslich Air France und das Schlimmste für diese Gesellschaft wäre doch wohl, schlechten Wein auszuschenken. Auch das künstliche Lächeln der Stewardessen war im Preis inbegriffen.

Wollte man noch etwas mehr Luxus, so musste man schon in der First Class buchen. Aber das war doch etwas Geld zum Fenster rausgeworfen für einen relativ kurzen Flug von nur wenigen Stunden und dies auf einer Strecke, auf der kein Konkurrenzdruck besteht.

Dakar besitzt einige wenige anständige Hotels direkt am Meer, aber der Tourismus will nicht so sehr auf die Beine kommen. Diese Millionenstadt am westlichsten Punkt des afrikanischen Kolosses, ehemals Hauptstadt von Französisch-Westafrika, hat eine relativ kurze, aber doch sehr tragische Geschichte.

Man sagt, dass von keinem Punkt in Afrika aus mehr Sklaven nach Amerika und Europa verschifft wurden als von hier. Wie viel? Nun, das weiss wirklich niemand. Millionenfaches Leid, Flüche und Gebete, tausendfacher Tod schon hier, und zehntausendfacher Tod später, seelisch und körperlich, wer mag das alles ermessen? Niemand.

Schon früh wurde Dakar als Umschlagplatz für die Schifffahrt und später für Flugzeuge genutzt. Heute schifft und fliegt aber vieles an diesem ehemaligen Knotenpunkt vorbei. Und nach einigen kurzen Tagen hat man eigentlich als stets etwas unsteter und suchender westlicher Tourist auch alles gesehen. Die malerischen Fischerboote mit ihren bunten, aber abblätternden Farben und bald morsch werdendem verlieren nach ein paar Fotos ihren Reiz wie das bunte Treiben und alle „Wohlgerüche Arabiens" auf dem örtlichen Markt, besonders in der Abteilung Fisch und Meeresfrüchte. Für das verwöhnte westliche Auge dauern solche Wunder der Kulturunterschiede auch nur drei Tage. Leider wahr, denn man ist ja ständig nach der Suche nach Abwechslung und nach Neuem.

Wer nicht als besonderer Dichter und Denker geboren wird, sieht dies einige Male und dann hat er genug gesehen, gerochen und sinniert.

So entschlossen sich Sybille und Reinhold, doch nach Praia in Cabo Verde zu fliegen, um dort, gut vierhundert Kilometer im Atlantik, auf der kleinen Inselgruppe mal was wirklich anderes zu sehen und zu erleben. Mit einer guten halben Million Menschen schien dieses Paradies noch nicht überbevölkert zu sein wie viele vergleichbare Landstriche und Inseln auf der Welt.

Der Flug mit einer Propellermaschine der Cabo-Verde-Airline verlief erstaunlich ruhig und war sogar recht angenehm, wenn auch natürlich laut und geräuschvoll. „Touristen strömen auch hierhin, siehst du, Sybille? Wir sind also nicht allein wie Adam und Eva im Paradies. Es suchen immer mehr Leute die Abwechslung und Alternative. Es soll auch schon ganz nette Hotels auf einigen der Inseln geben. Lassen wir uns überraschen", lächelte Reinhold beim Aussteigen auf dem kleinen Flughafen.

Das Pestana Tropico Hotel war den beiden schon in den ersten Augenblicken sympathisch. „Hier halten wir es ohne Weiteres eine Woche aus, wenn das Essen einigermassen zu geniessen ist. Viel wächst ja nicht auf diesen Vulkaninseln, habe ich mir sagen lassen. Das meiste, sogar in Sachen Blumen, wird eingeflogen. Darum wären für Schweizer vielleicht auch Rösti und

Zürcher Geschnetzeltes eine nette Überraschung", bemerkte jetzt laut lachend Reinhold.

„Aber natürlich. Und zum Frühstück Swiss Müsli und Spezialjogurt von Nestlé. Immerhin ist dies ja der grösste Lebensmittelkonzern der Welt. Ich habe sogar auf dem kurzen Weg vom Flughafen nach hier Reklame von diesem Giganten gesehen."

„Die Zivilisation verfolgt uns einfach überall hin. Das nächste Mal verkriechen wir uns im Urwald Brasiliens oder in den Mangroven von Nigeria. Aber schön, wir haben von diesem Felsen, auf dem unser Hotel klebt, direkte Seesicht auf den unermesslichen Atlantik."

Das Publikum war wie überall sehr international. Nur die Asiaten schienen diesen kleinen Inselstaat noch nicht richtig entdeckt zu haben. Nur ein paar wohlhabende Inder oder Chinesen waren anzutreffen, was Sybille zur Bemerkung reizte: „Du wirst es schwer haben, am Strand oder anderswo mit jemandem über die Weisheiten des Konfuzius zu debattieren, denn hier sind wenig Leute aus dem fernen Osten anzureffen."

„Aber Liebes, dafür und dazu habe ich doch dich. Und wenn du nicht willst, stellst du dich einfach schlafend. Das ist bei der Ehefrau nicht unhöflich, denn sie muss sich vom steten Stress mit ihrem Mann erholen. Aber hier stehen viele christliche Kirchen und es scheint, dass diese nicht so leer wie bei uns. Was machen die Pfarrer oder wer immer hier Seelsorge anbietet, wohl gescheiter als unsere Geistlichen? Bei uns sind viele

Kirchen nur noch Baudenkmäler oder sie werden umgenutzt in weiss der Himmel alles wie Restaurants oder gar Moscheen."

„Nun, sie predigen vermutlich über das Evangelium und nicht über Politik, Humanismus und Soziallehre. Sie vertreten das wahre Christentum."

5

Sie lagen faul am Strand, lasen, dösten, liessen sich
bräunen von Sonne und Wind und genossen das
ungewohnte Nichtstun in vollen Zügen. Nur, nach drei
oder vier Tagen wird selbst das langweilig. Ihre
Strandnachbarn suchten mit aller Gewalt und allen
Tricks das Gespräch, das sie aber immer elegant bis
manchmal auch etwas forsch abblockten. Nun, der
Strand glich keinesfalls dem von Rimini in Italien, der
Copacabana in Rio de Janeiro oder auch anderen Röst-
und Grillierstätten des Massentourismus, wo man in
Achterreihen hinter- und nebeneinanderliegt. Und so
gäbe es auch keine regelmässigen Nachbarn, ausser
diese suchen einen heim. Es gab ja genügend Platz.
Aber es gibt halt auch hartnäckige Leute.
Endlich hatten diese Glück, nach endlosen Versuchen
im Speisesaal, an der Bar und eben auch am Strand
oder am Swimmingpool, Herr und Frau Oberholzer aus
Schaffhausen kamen ins Gespräch mit den Sommers.

„Sie sind auch Schweizer, wie wir hören?"
„Ja."

„Und, auch zum ersten Mal hier auf dieser doch noch
etwas verlassenen Insel?"

„Ja."

„Gestatten, Guido und Marlies Oberholzer aus Schaffhausen."

„Ja. Entschuldigung, Reinhold und Sybille Sommer aus Zürich."

„Freut uns. Ja, hier ist ja wirklich das ganze Jahr über Sommer. Da werden Sie sich gewiss wohlfühlen."
„Ja."

In diesem Stil ging alles noch eine Weile hin und her, bis Marlies zu ihrem Guido meinte: „Sei doch endlich still! Du siehst doch, dass die Leute nicht gestört werden wollen. Sie kommen eben aus Zürich", zischte sie nicht ohne höhnischen Unterton, gerade so laut, dass die Sommers es noch hören konnten oder mussten.

Das war an einem Samstagmittag. Beim Abendessen meinte Sybille zu Reinhold: „Du, ich habe mich für unser ungehobeltes Benehmen am Strand bei den Oberholzers entschuldigt."
„Warum? Sie waren doch ungehobelt."

„Vielleicht. Aber wir auch. Wir sind hier die einzigen vier Schweizer weit und breit und benehmen uns wie Holzklötze."

„Gewisse Leute verstehen keine andere Sprache."
„Als ja, ja und nein, nein?"

„Das sagt sogar Jesus in der Bergpredigt: ‚Eure Rede aber sei: Ja! Ja! Nein! Nein! Was darüber ist, das ist vom Übel‘ ", lachte jetzt Reinhold vor sich hin.

Nun, er lachte etwas zu früh.

„Du kommst mir gerade recht, du Bibelkenner und fernöstlicher Tiefenpsychologe", rief jetzt Sybille fast etwas zu laut in den Speisesaal, sodass einige Leute aufmerksam wurden. „Ich gehe morgen zum Sonntag mit den Leuten aus Schaffhausen hier in eine Kirche."

„Bist du verrückt?"

„Eigentlich nicht, sonst spinnt die halbe Welt. Ja gut, bei dir spinnt die ganze Welt, mal abgesehen von dir. Hier, ob du es glaubst oder nicht, gehen noch viele Leute am Sonntag in die Kirche. Und die Oberholzers erklärten mir, dass sie hier ‚ihre Kirche' gefunden hätten, der sie nun angehören. Eine so genannte Freikirche, deren Prediger nicht theologisch geschult sind und meistens noch für ihr tägliches Brot einen Beruf ausüben. In der Schweiz und anderswo nennt man diese Kirche zwar eine Sekte. Aber sind nicht alles irgendwie Sekten? Kommt es auf die Grösse an? Wohl eher auf den Inhalt und das Ziel. Morgen predigt dort ein Mann aus Deutschland und alles wird Satz für Satz in Portugiesisch oder Kreolisch übersetzt. Also verstehen wir auch etwas davon. Kommst du mit, mein Gemahl?"

Reinhold war so überrumpelt, dass er zusagte. Sein letzter Versuch, alles zu verhindern, scheiterte kläglich. Denn als er nach der Adresse dieser für ihn kuriosen Kirche fragte und hoffte, seine Frau wüsste diese nicht, gab ihm Sybille die Anschrift. „Also, morgen mit dem Taxi. Es sei nur zwei Kilometer von hier. Beginn der Predigt um 10.30 Uhr."

„Von wem hast du denn alle diese Informationen?"

„Von dem Mann aus Deutschland, der morgen Vormittag den Gottesdienst durchführt. Er heisst uns herzlich willkommen. Übrigens, weisst du, was er von Beruf ist?"

„Wie sollt ich das wissen?"
„Nun, vielleicht seid ihr euch mal auf einem Ärztekongress begegnet? Er ist Zahnarzt und kommt aus Köln. Die Deutschen haben diese Kirche hier auf die Insel gebracht. Und es hat den Anschein, mit ziemlich viel Erfolg."

„Wo hasst du den getroffen?"

„In der Lobby. Er hat gerade ausgecheckt und schon heute eine Veranstaltung. Ich weiss nicht mehr genau, Hochzeit, Trauerfeier oder irgendetwas auf einer der Nachbarinseln."

6

Das Taxi hielt anderntags vor einem ziemlich hellen und modernen Gebäude, das weder Turm noch Glocken hatte, aber irgendwie freundlich und einladend wirkte. Und vor allem hunderte von Menschen, meistens Einheimische, ärmlich, aber sauber gekleidet und mit einem freudigen und freundlichen Gesicht. „Eine schöne Visitenkarte, die sich uns da entgegenstreckt", bemerkte Sybille.

„Ja, und dort strecken sich uns die lieben Schweizer entgegen. Siehst du?", meinte Reinhold. „Wollen wir nicht lieber wieder gehen?"

„Feigling. In der Kirche müssen sie ruhig sein. Also komm, wir gehen rein."

Kein barocker Prunk, keine Bibelverse an den Wänden, keine Bilder, einfach ein stilisiertes Kreuz hinter einem Rednerpult, Bänke, die schon nahezu alle besetzt waren, dezente Orgelmusik, an der vielleicht Bach oder Händel keine grosse Freude gehabt hätten, die aber dem Volk zu Herzen ging, und ansonsten eine erwartungsvolle Stille, das waren die ersten Eindrücke, ehe sie freundlich begrüsst und ihnen ein Gesangbuch in die Hand gegeben und ein Sitzplatz angeboten wurden. Die anderen Schweizer wurden ziemlich weit weg von ihnen platziert.

„Das ist ja schon mal ein gutes Omen", dachte Reinhold. Aber irgendwie schämte er sich ein wenig über diesen Gedanken.

Der Gemeindegesang war lebendig und irgendwie wohl klingend, wenn auch für mitteleuropäische Ohren etwas fremd. Aber er berührte das Innere. Wenn man den Leuten verstohlen zusah, so merkte man, dass sie glauben, was sie singen. Und sie wissen auch, was sie glauben. Die Predigt war relativ lang für Ungewohnte wie Sommers, aber volksnah und sogar ein wenig packend. Man merkte, hier spricht ein Mann vom Volk für das Volk. Wie sagte denn vor fünfhundert Jahren Luther? „Man soll dem Volk aufs Maul schauen!"

Und dann kam doch tatsächlich in der Predigt das Bild vom Huhn mit dem Ei vor und was denn zuerst gewesen wäre. „Du hast mit dem Prediger vorher über mich gesprochen", meinte Reinhold vorwurfsvoll zu Sybille. „Das sind genau die Worte, über die wir uns kürzlich gestritten haben."

„Kein Wort, mein Lieber. Ob du es glaubst oder nicht. Ich kenne den Mann ja überhaupt nicht. Fünf Minuten waren wir in der Rezeption zusammen, mit vielen anderen Leuten. Frag ihn doch selbst", verteidigte sich Sybille.

„Hat keinen Sinn", bemerkte Reinhold. Diese Pfaffen stecken doch alle unter einer Decke und sie können lügen wie gedruckt. Ich bin von dir schon ziemlich enttäuscht."

„Gut, dann reise ich so bald wie möglich heim, und du kannst alleine hier mit deinem Koller die Zeit totschlagen", giftete Sybille zurück. „Wenn du mir nicht mehr glaubst, sondern nur deinen östlichen Heiligen, dann sind wir nicht weit gekommen in unserer bisherigen Zweisamkeit."

„Siehst du, das hat man davon, wenn man in eine Kirche geht; Krach. Ich komme mit nachhause."

Zu allem Übel gesellten sich nun noch die Oberholzers zu ihnen. Glücklicherweise fragten sie aber nicht, wie es denn gefallen hätte. „Hatte sie auch hier Sybille vorgewarnt?", dachte Reinhold im Stillen. „Aber halt, so kommen wir wirklich nicht weiter."

Es stellte sich doch tatsächlich heraus, dass auch Oberholzers aus Schaffhausen Zahnärzte waren. Nun, solche braucht es ja gewiss überall. Aber war das hier ein beliebter Urlaubsort für Zahnärzte oder einfach Zufall? Niemand wusste eine Antwort und niemand fragte auch konkret danach. Zum Erstaunen seines Arztkollegen und dessen Frau und zum masslosen Erstaunen von Sybille schlug Reinhold plötzlich vor: „Wollen wir in einem Fischrestaurant gemeinsam etwas essen gehen?"

7

Es wurde ein angeregtes Gespräch, bei einem guten Essen und mit einem erdigen und süffigen Wein. „Sie wissen ja, was bei uns in Schaffhausen am Schwabentor für eine Inschrift angebracht ist: ‚Lappi, tue d'Auge uf‘, in schönerem Deutsch: ‚Dummkopf, mach doch die Augen auf‘. Man hat lange gerätselt, woher und warum dies kommt und so dasteht. Eine mögliche Erklärung ist, weil in der Nähe ein Schulhaus steht und schon den Kindern, aber auch den Lehrern mit auf den Weg gegeben werden soll: ‚Nicht einfach nur Schulweisheit ist wichtig, sondern dass man mit offenen Augen durchs Leben geht'“, erzählte Frau Oberholzer.

„Kennen Sie den Prediger von heute Morgen näher? Er soll ja von Beruf auch Zahnarzt sein“, fragte Reinhold nun wieder misstrauisch.

„Nein, absolut nicht. Gestern sind wir zufällig ins Gespräch gekommen. Warum? Ist er Ihnen mit irgendeiner Aussage auf den Schlips getreten? Das geschieht bei uns in der Kirche öfter. Es gibt halt doch mehr Dinge zwischen Himmel und Erde, als sich Schulweisheit träumen lässt. Es sollte ja auch in der Predigt der so genannte Heilige Geist wirken und nicht einfach Ausbildung und Schulweisheit. Darum: Augen auf, Herr Kollege", erwiderte fröhlich der Schaffhauser Zahnarzt.

Als sie ins Zimmer zurückkamen, ereilte sie ein mittlerer Schock. „Wir sind doch hier nicht in Zürich, verflucht nochmal. Jetzt auch hier alles ausgeräumt und gestohlen. Haben wir nicht abgeschlossen?", wütete Reinhold. „Zum Glück hatten wir unsere Barmittel und die Pässe dabei, sonst stünden wir jetzt nackt da. Kann der Hoteldirektor ein paar Worte Deutsch oder Englisch", schimpfte er weiter, indem er versuchte, diesen am Telefon zu erreichen. Schliesslich kam eine Verbindung mit sprachlichen und anderen Schwierigkeiten zu Stande, bis sich ein Senior Grossmüller meldete.

„Mein Herr, ich glaube Ihrem Namen nach, dass wir Deutsch miteinander sprechen können. Wir sind heute Abend in Ihrem Hotel ausgeraubt worden. Alles weg, aber auch wirklich alles."

„"So etwas gab es bei uns noch nie", stotterte der Direktor des Hauses. Ich bin in einer guten Stunde bei Ihnen."

„Ja, bei uns gab es das auch noch nie", reagierte sehr aufgebracht Reinhold und dachte plötzlich: „Stimmt eigentlich gar nicht, denn in Zürich wurde auch eingebrochen. Nur liessen jene Halunken ausser Geld und Schmuck alles zurück, und hier nicht einmal die Zahnbürste und die dazugehörende Paste. Offenbar putzen der oder die Einbrecher sich hier die Zähne, was den Kreis der Verdächtigen schon mal etwas einengt."

In knapp einer Stunde war der Hoteldirektor schon im Zimmer der Sommers und brachte auch gleich den Polizeichef von Praia und die Spurensicherung mit. Nur, das alles nützte wenig bis nichts. Es resultierte einfach eine Anzeige gegen unbekannt. „Aber mit einer Liste der gestohlenen Gegenstände und einem Polizeirapport können Sie doch gewiss bei Ihrer Versicherung den Schaden anmelden. Die Schweizer sind doch Weltmeister in Versicherungen, sogar gegen schlechtes Wetter im Urlaub kann man eine solche abschliessen, dabei scheint bei uns doch immer die Sonne", versuchte der Direktor einen kleinen Scherz, der aber kein Gelächter, nicht mal ein Grinsen hervorrief.

Wie zum Hohn erfolgte darauf draussen ein Platzregen, und zwar so heftig und stark, wie ein solcher nur in den Tropen vorkommen kann. Man meint dann im Moment, alles würde ersaufen.

„In einer halben Stunde ist das aber alles vorbei, und dann haben wir wieder eitel Sonnenschein und nach einer Viertelstunde Dampfküche. Kommen Sie, meine Dame und die Herren, ich lade Sie alle an die Bar zu einem Drink auf Kosten des Hauses ein. Den benötigen wir jetzt gewiss. Früher war ich im Hilton in Essen in Westfahlen Food und Beverage-Manager, aber selbst dort ist nichts dergleichen vorgekommen. Dann hat eine deutsche Hotelkette dieses Haus hier aus einer

Konkursmasse gekauft und ich packte die Chance, hier einzusteigen. Obschon ich mich oft nach normalem Regen und etwas Kühle und vor allem an Disziplin und Ordnung sehne, bleibe ich hier hängen und erliege immer mehr dem Zauber der Inseln. Es geht jetzt auch Jahr für Jahr aufwärts.

Hängen wir den Diebstahl bitte nicht an die grosse Glocke. Das würde vielleicht den Aufwärtstrend stoppen. Ich komme Ihnen, sehr verehrte Gäste, auch gerne mit dem Pensionspreis entgegen."

Nun, der Ärger war gross, der effektive Schaden aber nicht, denn was nimmt man mit für einen Badeurlaub in Afrika? Das teuerste war ein Abendkleidchen von Sybille und der Hartschalenkoffer. „Kann man hier Unterwäsche kaufen?",
fragte Sybille.

„Aber, meine Dame, selbstverständlich. Sie bekommen hier praktisch alles. Vielleicht nicht so schnell wie in Zürich, aber Afrika braucht einfach Geduld. Noch einen Drink?"

„Ja, bitte."

8

Die Sommers planten die Rückreise in die Schweiz schon für Dienstag. Einige Hürden im Hinblick auf die Flüge konnten mit Schmieren und Salben am rechten Ort und Upgradings in die First-Class auf gewissen Flügen genommen werden, wo noch so kurzfristig leere Plätze waren. Am Montagabend musste Reinhold noch zum Polizeihauptposten wegen des Abschlussprotokolls und Sybille wollte ganz still und auch etwas traurig noch Abschied nehmen vom schönen und jetzt absolut ruhigen Strand. Absolut ruhig? Von wegen.

Der Badeanzug oder besser gesagt, der winzige Bikini wurde zwar nicht geklaut. Er „bedeckte" aber nur so viel, dass alles aufreizender wirkte, als wäre Sybille ganz nackt in die immer noch warmen Fluten gestiegen. Das alte Wort ist wirklich wahr, wonach eine halb nackte Frau viel erotischer wirkt als eine splitternackte. Dort kann die Fantasie nicht mehr mitspielen.

Als sie gedankenverloren aus den Wellen wie Venus aus der Muschel stieg, wurde sie plötzlich sehr unsanft gepackt und zu Boden geworfen. Weit und breit waren keine anderen Touristen mehr zu sehen, alle machten sich für das Abendessen bereit.

„Aufhören, ihr Lümmel! Bei mir ist nichts mehr zu holen! Wir sind schon total ausgeraubt worden!", schrie sie voller Angst, denn ihr schwante, dass hier noch andere Absichten vorliegen könnten.

„Wir wollen doch dich, schöne Puppe. Du fehlst uns noch in unseren Urlaubserinnerungen", grölten zwei offensichtlich schon sehr alkoholisierte junge Männer, vom Akzent her keine Deutschen, aber dieser Sprache einigermassen mächtig. Sie rissen ihr den Bikini, kaum mehr Stoff als drei oder vier Taschentücher, vom Leib und wälzten sich erregt nacheinander über sie.

Sybille war machtlos und wie gelähmt. Sie lag da wie ein Stück Holz, das von den Wellen hin und herbewegt wird. Dort, wo sie normalerweise eine unbändige Lust empfand, fühlte sie jetzt nur Ekel und Erniedrigung, ja, auch eine grosse Wut. Sie dachte nach, wie lange sie wohl duschen muss, um diesen schauderhaften Ekel wegzuspülen, bis ihr klar wurde, dass kein Wasser, weder kaltes noch heisses, etwas nützt, sondern dass alles viel tiefer drang – bis in ihre Seele.
„Und dort kann man sowieso nichts wegspülen. Vergessen? Kaum, und doch hoffe ich inständig darauf. Kann ich dann überhaupt noch leben?", waren ihre Gedanken, die beiden endlich mit der Bemerkung von ihr losliessen: „Schätzchen, du bist wundervoll."

„Ihr Sauhunde, ich werde euch anzeigen."
„Hahaha, hier? Hier ist eine Vergewaltigung so alltäglich wie in Italien die Mafia oder in der Schweiz

die Banken. Hast du es nicht auch ein wenig genossen?"

Sybille wollte weiter drohen, bis ihr einfiel, dass dies vielleicht zu gefährlich war und diese Unholde sie daraufhin für immer zum Schweigen bringen könnten.

„Oder wäre dies nicht sogar das Beste?", dachte sie einen Moment. „Nein, ich will zurück zu Reinhold, darf ihm aber nichts erzählen, sonst verlässt er mich vielleicht sogar."

Was so ein lüsterner Unmensch mit einer Vergewaltigung eigentlich anrichtet, ist wohl kaum einem dieser Verbrecher voll bewusst. Er kann das ganze weitere Leben stören oder sogar zerstören, denn eine Frau empfindet einfach anders als ein Mann. Sex ohne Liebe, Zuneigung und Gefühl, die tiefste Erniedrigung der eigenen Person, das mag vielleicht bei Prostitution noch angehen, denn dort spielt Geld eine Rolle, wenn es nachher in die rechten Hände kommt, aber selbst dort kann es zerstörerisch wirken. Wie viel mehr bei einer Frau, die vom Himmel des Glücks plötzlich in die Hölle der Verzweiflung gerissen wird.
Man sinniert über Rache und Tod, über den Tod des Viehs, das über einem war, und über den eigenen, den man vielleicht suchen sollte.

9

Mit dem hoteleigenen Frottémantel und darunter nackt schlich sie nach einer gewissen Zeit zurück in ihr Zimmer. Reinhold war zum Glück aus der Polizeidienststelle noch nicht zurück. „Das waren Touristen, keine Einheimischen", dachte Sybille. „Woher wussten sie sonst von der Mafia in Italien und den Banken in der Schweiz? Wie kann ich diese Schweine ausfindig machen? Ich hatte vor Scham und Wut die Augen ja meistens geschlossen. Aber an den Stimmen würde ich sie wieder erkennen, unter Tausenden."

Reinhold kam endlich ins Zimmer und meinte ziemlich aufgebracht: „Warum liegen denn nur Himmel die Hölle manchmal so nahe beieinander?"

„Warum sagst du das?", fragte Sybille erschrocken und hegte den Verdacht, dass Reinhold schon wusste, was ihr widerfahren war.

„Nun, erstens habe ich gestern Morgen in der Kirche aufgepasst, was der Prediger sagte, und dies kam auch ziemlich deutlich zum Ausdruck. Und zweitens ist während meines Aufenthaltes bei der Polizei dreimal die Meldung von einer Vergewaltigung eingegangen. Weisst du, was die Herren dort darauf gemacht haben? Nichts, sondern sie haben einfach gelächelt und mit den Schultern gezuckt. Verfluchte Sauerei. Mädchen, bist du etwa nackt unter dem Bademantel? Komm, lass uns von allem ablenken und Liebe machen."

„Nein, Reinhold. Jetzt bitte nicht. Ich habe fürchterliche Magenschmerzen."

„Und die Diebe haben sogar unsere Reiseapotheke geklaut. Ich rufe mal an, ob sie im Hotel Schmerztabletten haben."

„Ach lass nur. Ein wenig Schlaf, und vielleicht bessert ja alles. Als Arzt müsstest du doch wissen, dass man nicht irgendein unbekanntes Zeug schlucken sollte."

Enttäuscht legte sich Reinhold neben sie, murmelte noch
„ja hoffentlich" und schlief tatsächlich bald ein. So verpassten sie das Abendessen und um Mitternacht weckte sie Magenknurren. Mit etwas Obst, das noch im Zimmer war, und mit der Minibar kamen sie bis zum Frühstücksbuffet über die Runden. Dort stellte Reinhold aber fest: „Sybille, was bedrückt dich? Immer noch der Magen? Aber du hast doch die Nacht über mitgegessen und mitgetrunken, bis das ganze Obst alle und die ganze Minibar leer war?"

„Darf ich dir das später mal erzählen? Lass doch deiner Frau auch mal ein Geheimnis. Das gehört ab und zu zum weiblichen Wesen", versuchte sie ein wenig zu scherzen, was ihr aber schlecht gelang. „Lass uns jetzt langsam mit meiner Handtasche und deiner Pfeifen- und Tabaktasche abreisen. Das ist unser einziges Gepäck. Ist doch interessant, mit wie wenig man in Afrika auskommt."

„Nur noch eines: Ich liebe dich."

„Ich dich auch", flüsterte sie und hoffte, dass alles so bleiben würde.

10

Wieder in Zürich, erinnerten sie sich, dass sie nicht mal von den Oberholzers verabschiedet hatten und wollten diese, sobald sie auch wieder zuhause waren, mal anrufen und alles erklären. Es war gewiss keine Kunst, sie in Schaffhausen ausfindig zu machen, denn es gab dort bestimmt nicht mehrere Zahnärzte mit diesem Namen.

„Übrigens, mit dem Prediger in Praia hätte ich gerne noch ein Gespräch geführt. Ich war nicht mit allem einverstanden, aber irgendwie hat mir der Mann gefallen", offenbarte sie sich ganz ungewöhnlich Reinhold.

„Er reise noch am selben Tag auf die Nachbarinsel Sal und hielt dort abermals eine Predigt. Aber du kannst ja die Oberholzers in Schaffhausen fragen, ob diese Kirche oder Sekte auch in Zürich ansässig ist. Wenn ja, gefällt dir vielleicht auch hier jemand, der dich zur für dich zu simplen christlichen Lehre bekehren kann."
„Mach ich. Aber erst, wenn du wieder mit mir schläfst. Oder habe ich dich irgendwie erschreckt, verärgert oder gar abgestossen?"

„Komm in meine Arme, du Armer."

Aber irgendwie war es anders heute. Das spürten beide. Sybille war etwas ängstlich und Reinhold merkte dies, sagte aber zu Glück nichts. „Was ist nur mit meiner Frau los? Hat sie ein Erlebnis gehabt, von dem sie mir nichts erzählen will? Sie sprach ja von einem Geheimnis, das Frauen gern mal haben würden. Also: abwarten und hoffen."

Nur, es kam in dieser Nacht noch ganz anders.

Plötzlich erwachte Reinhold, wollte sich im Bett wenden und konnte sein rechtes Bein und seinen rechten Arm nicht mehr bewegen. „Was zum Teufel ist denn das?", fragte er sich. „Habe ich dumm gelegen und bin verkrampft, dass ich im Moment kein Gefühl mehr habe? Vermutlich. Also, weiterschlafen und nachher alles ist wieder gut." Er fühlte sich auch etwas wirr im Kopf und auf einmal durchzuckte ihn ein Gedanke: „Ein leichter Schlaganfall, eine Streifung?" Er wollte die Finger seiner rechten Hand zu einer Faust machen und es gelang nicht. Eiskalt schoss es durch sein Gehirn: „Ich Idiot erfülle zu viele Voraussetzungen, zu viel Rauchen, etwas Übergewicht, zu wenig Schlaf, ständiger Stress und so weiter. Um Himmels willen, lieber Gott, lass dies nicht zu."

Interessant, jetzt war plötzlich wieder der „liebe Gott" im Spiel. Eine Folge seiner früheren Erziehung oder doch der Schrei seiner Seele?

Am frühen Morgen wurde Reinhold mit der Ambulanz als Notfall ins Krankenhaus eingeliefert.

11

Zum ersten Mal in sein seinem Leben wurde Reinhold im Krankenhaus bewusst, dass man innert Sekunden vom angesehenen Mitbürger und vielleicht beneideten Gutverdiener zu einem Häuflein Elend werden kann und alle so genannte menschliche Würde und alle Privilegien verliert. Gewiss, für das Pflegepersonal ist das alltäglich, jemandem den Hintern zu reinigen oder das Bett vom Gekotzten zu säubern, aber er schämte sich zu Tode. Und dies auch noch als Mediziner oder gerade deswegen noch etwas heftiger.

Denn zum Glück war durch den Schlag wohl seine rechtsseitige Bewegung sehr eingeschränkt, auch das Sprechen, nicht aber die Erinnerung und die ständigen Mühlsteine im Kopf, die sich unablässig drehten. Unablässig? Kaum, denn er schlief oft, viel und war auch schrecklich müde.

Am dritten Tag oder waren es schon mehr, fragte er ziemlich klar, wenn auch langsam, seinen Doktor: „Herr Kollege, wird das wieder?"

„Wir tun unser Möglichstes. Gewiss wird alles besser. Aber es braucht Geduld und eine intensive Therapie."

„Trösten Sie mich nicht mit Allgemeinplätzen, sondern mit Fakten."

„Fakten gibt es hier keine, denn jeder Fall ist anders. Aber Sie machen beim Sprechen schöne Fortschritte, den solche Vokabeln wie die eben verwendeten sind nicht einfach. Und begreifen Sie endlich: Das ist kein billiger Trost, sondern eine Tatsache."

„Akzeptiert. Danke, Herr Kollege. Wann komm ich hier raus und in eine Rehabilitation, die wie ein Hotel geführt wird?"

„In etwa einer Woche. Wollen Sie, dass Ihre Frau Sie dorthin begleitet?"

„Gerne, wenn es auch ihr Wunsch ist."

„Sie haben überhaupt mit Ihrer Frau Gemahlin das grosse Los getroffen."

„Ja, ich weiss und schätzte dies vermutlich zu wenig."

„Wir machen alle die gleichen Fehler und sehen das Wesentliche und Wichtigste meistens erst in einer Notsituation."

Sybille kümmerte sich wirklich rührend um ihn und war mehrmals am Tag in seinem Zimmer. Sie fütterte ihn sogar wie ein Baby, denn seine Mundstellung hatte sich auch etwas verändert und er biss sich ständig irgendwo in der Mundhöhle in die Backe oder auf die Zunge. So konnte er, der keinen Appetit mehr zeigte, nur Kartoffelbrei, Reis, Jogurt, Müsli oder ganz klein Geschnittenes häppchenweise in sich hineinstopfen. Sein Geist aber und auch sein Erinnerungsvermögen waren ganz klar, und das machte ihn einerseits dankbar, war aber anderseits auch hart, denn er analysierte seine Lage messerscharf.

„Da studiert man jahrelang Medizin und weiss ganz genau, dass jederzeit und überall eine einzige Sekunde das ganze bisherige Leben total auf den Kopf stellen und verändern kann. Man macht sich aber nie Gedanken darüber, dass dies uns selbst treffen kann", dozierte Reinhold ohne Fehler und ohne grosse sprachliche Mühe gegenüber Sybille.

„Ja, aber man könnte damit gar nicht leben, wenn man dies immer vor Augen hätte. Wegen der Praxis musst du dir übrigens keine Sorgen machen, Reinhold. Zum einen hilft dein Kollege dort halbtagsweise für die wichtigsten Patienten aus. Und zum andern investieren wir einfach in die Zahnhygiene und Zahnreinigung, sodass dort alles rund läuft. Schliesslich geben wir das nicht auf, denn dort haben wir uns kennen und lieben gelernt."

„Ja, du warst die beste Zahnhygienefachfrau weit und breit, die hübscheste dazu, und jetzt bist du die beste Krankenschwester", sprach Reinhold ganz klar und deutlich. Und zum ersten Mal sah Sybille Tränen seine

Wangen runterkollern. Sie küsste diese gleich weg und lächelte ihn an.

„Übermorgen reisen wir in die Reha ins schöne Appenzellerland. Dort machst du weitere Fortschritte", lächelte sie ihren Mann an. Dabei fürchtete sie sich vor einem besonderen Moment. Sie musste Reinhold gestehen, dass sie vermutlich schwanger war. Sie wusste nicht, noch nicht, ob von ihm oder von einem der Vergewaltiger. Vielleicht wollte sie das auch gar nie wissen. „Ich warte noch, bis mir mein Hausarzt bestätigt, dass ich wirklich schwanger bin. Aber alle Anzeichen deuten bereits nach so kurzer Zeit darauf hin."

12

Ein Heide, was ist das? Ein Heide glaubt doch an mehrere Götter oder besser gesagt, er ist Anhänger so genannter Naturreligionen. Heide nennt man auch unbebautes Land. Und Heiden, ist das die Mehrzahl davon? Ja, aber es ist auch ein lieblicher, ja, berühmter Kurort im Kanton Appenzell in der Ostschweiz, dessen Lage Balkon zum Bodensee, zum Schwäbischen Meer genannt werden kann.

Von dort sieht man weit in die Lande, nach Württemberg, Bayern, Vorarlberg, und natürlich auch in die Schweiz. Hier verbrachte auch Henry Dunant, der Gründer des Roten Kreuzes, seine letzten zwanzig Lebensjahre.

Bekannt waren und sind wieder die so genannten Molkekuren, über die die einen lästern und von denen die anderen schwärmen. Molke, auch als Käsewasser oder Schotte benannt, hilft für oder gegen alles und ist ein Lebenselixier. Sagen die einen, Quatsch meinen die anderen. Gegen den Durst ist es allemal gut. Das beweist schon das gängige Mineralgetränk Rivella, das in der Schweiz sehr beliebt ist.

Die Therapie in Heiden war sehr intensiv und ermüdete Reinhold tüchtig, sodass er nachts wenigstens relativ gut schlafen konnte. Die Feinmotorik der unzähligen erschlafften Muskeln, vor allem an Fuss und Hand, aber auch an Arm und Bein sowie an der Hüfte und am Becken, wieder in Gang zu bringen, das war Schwerstarbeit. Zum grossen Glück war das Sprach- und Erinnerungsvermögen praktisch unversehrt geblieben, so konnten in der wochenlangen Behandlung Schwerpunkte gesetzt werden.

Einmal brüllte er seinen zuständigen Arzt und Kollegen an: „Hören Sie mal, mein Freund, diesen ganzen Scheissdreck mit Würfeln und farbigen Papierchen und so weiter können Sie sich für die Geriatrie aufsparen. Die brauche ich nicht. Ich weiss, das Programm muss hier nach einem sturen Plan ablaufen. Aber bitte nicht bei einem sturen Berufskollegen, der keine Sprachübungen braucht und dessen Hirn normal geblieben ist. Testet nicht meine Erinnerungsfähigkeit mit dem Aufzählen von Wörtern und Zahlen. Das machen wir dann beide, wenn wir mal als Fünfundachtzigjährige an Demenz leiden. Aber bitte nicht jetzt und hier, sonst laufe ich Ihnen davon."

„Die Rollstuhlbrigade", wie Reinhold sie spöttisch nannte, die zum Mittag- und Abendessen jeweils unterwegs war, „erinnert mich an eine Karawane in der Wüste. Und ich bin eines dieser Kamele", erklärte er eines Abends Sybille.
„Es wäre ja zum Lachen, wenn nicht alles so traurig wäre."

„Du machst aber gute Fortschritte, mein Lieber. Ich freue mich wirklich", ermunterte ihn Sybille.

„Ja, schon. Aber den Zahnarztberuf kann ich gewiss an den Nagel hängen. Meine rechte Hand und sogar der Arm werden nie mehr die Sensibilität erlangen, die für diese Feinarbeit unbedingt nötig ist. Du siehst das ja schon an meiner Handschrift, die nicht mehr das ist, was sie einmal war."

„Es gibt auch noch andere Tätigkeiten, als den Leuten ständig im Maul herumzustochern. Das Gesundheitswesen, die Medizin allgemein machen unglaubliche Fortschritte."

„Ja, wenn es so weitergeht, werden wieder biblische Alter erreicht und die Menschen sterben erst mit 120 Jahren, wenn sie total verkalkt und verblödet sind."

„Nun, es verblöden schon manche ziemlich früher. Je länger, je mehr."
„Das liegt an unserer Lebensweise und an unserer Art des Denkens, das auch von den Medien und so weiter gesteuert wird."

„Wie kann man sich denn dagegen wehren?"

„Indem man versucht, sich Fragen zu beantworten wie „Woher kommen wir? Warum sind wir hier? Wohin gehen wir? Sind wir wirklich nur das höchstentwickelte Säugetier und zugleich aber auch das fürchterlichste? Oder ist nicht etwas mehr dahinter?"

„Wie willst du Antworten darauf finden?"

„Durch Glaubenwollen und Glaubenkönnen. Es gibt nämlich keine Ungläubigen, nur *Suchende.*"

13

„Reinhold, ein neues Leben beginnt, denn du wirst in etwa sechs Monaten Vater einer Tochter. Willst du die Bilder der Untersuchung sehen?", stotterte eine Woche vor der Entlassung Sybille und schaute dabei glücklich und zugleich ängstlich fragend ihren Mann an.

„Was sagst du da?", erwiderte Reinhold und staunte ungläubig. „Ja, hast du denn nicht verhütet? Wann ist das geschehen? Etwa in Cabo Verde? Nun, egal, du machst mich damit zum glücklichsten Menschen und gibst meinem Leben einen neuen Sinn. Hauptberuf Vater, ist das nicht wunderbar?"

„Wenn du es so siehst, ja. Ich hatte vergessen, die Pillen mitzunehmen." Jetzt entschloss sich Sybille, ihm nie etwas von der Vergewaltigung zu erzählen und sie wollte das werdende Leben, so oder so, akzeptieren. „Also kein Vaterschaftstest. Ich will das werdende Leben lieben und als unser Kind betrachten, solange ich lebe", dachte sie für sich in aller Stille. Ob dies gelingen wird?

Die Heimkehr war ein Erlebnis der besonderen Art, denn auf einmal waren weder Rollstuhl noch Rollator zu sehen. Reinhold ging mit einem Stock und hinkte kaum noch. Fleissig besuchte er auch zuhause noch ein Therapiezentrum, war sich aber völlig im Klaren darüber, dass seine rechte Hand kaum mehr für die Feinarbeit eines Zahnarztes taugen würde. „Aber Zahntechniker braucht es doch auch, und unser Zahnhygienestudio ist weit herum bekannt. Ich frage mal meinen Kollegen, ob er nicht die Praxis übernehmen möchte. Oder soll ich mit unserer Ferienbekanntschaft aus Schaffhausen Kontakt aufnehmen?", fragte er Sybille.

Eine Woche darauf wurden die Sommers von den Oberholzers besucht, die sichtlich erfreut waren, von ihnen zu hören. „Es ist einfach grossartig, wie Sie beide dieses Schicksal meistern. Sie könnten vielen als Musterbeispiel dienen. Finden Sie Halt und Sicherheit im Glauben an einen gerechten Gott?", sprudelte es aus beiden heraus.

Da war es also wieder, ihr Afrika-Ferien-Thema. „Nein, eigentlich nicht. Ich finde Halt bei meiner Frau. Sie ist für mich sozusagen eine Art Göttin. Es geht auch ohne das christliche Weltbild, obschon dieses viel beinhaltet, was zu bewundern ist. Nur haben durch die vielen Jahrhunderte die Kirchenfürsten so gehandelt, dass heute immer mehr Atheismus einkehrt. Sind Sie jetzt ein wenig oder sogar stark enttäuscht von mir?"

„Überhaupt nicht. Aber es gibt Momente, die man damit besser meistert, wenn sie überhaupt zu meistern sind. Jene Kirche in Praia gibt es auch in Zürich. Und ihr Hauptsitz ist sogar hier", verkündeten Herr und Frau Oberholzer mit sichtlichem Stolz.

„Oh je! Sie wissen doch gewiss, wo die schlechtesten Katholiken der Welt zu suchen sind? In Rom. Und die schlechtesten Moslems leben in Mekka. Hoffentlich ist es in Ihrer Kirche nicht ähnlich", entgegnete Reinhold.

„Sie können es ja mal auf einen Versuch ankommen lassen. Aber wir wollen nicht drängen. Es ist ganz und gar Ihr Entscheid. Aber denken Sie an das Wort eines gewissen Emanuel Geibel:

Studiere nur und raste nie!
Du kommst nicht weit mit deinen Schlüssen.
Das ist das Ende der Philosophie,
zu wissen, dass wir glauben müssen!

„Jetzt haben die beiden die Kurve gerade noch knapp gekriegt", dachten Reinhold und Sybille. „Jedes weitere Wort über dieses unerschöpfliche Thema wäre jetzt zu viel gewesen. Aber das Gesagte durfte wohl gesagt werden, gegenüber jedermann."

14

Senior Gabriel Rocha, Polizeichef der Insel Praia auf den Kap Verden, erhielt Besuch von einem ihm unbekannten Mann namens Miguel Ramos, wohnhaft auf der Nachbarinsel Sal. „Ich muss, leider sehr viel verspätet, eine Meldung machen, Senior Commandante. Vor gut drei Monaten sah ich hier am Strand, wie zwei junge Männer eine Touristin vergewaltigten. Diese wohnte im nahegelegenen Hotel Pestana Tropico. Ich habe einige Fotos auf meinem Handy, die Ihnen als Beweis dienen können. Hier sind Ausdrucke."

„Warum zeigen Sie den Fall erst jetzt an?", fragte Rocha beim Betrachten der Fotos, die ihm irgendwie zu gefallen schienen, denn er blickte lange, zu lange darauf.

„Weil die beiden Halunken inzwischen auch meine Frau missbraucht haben. Diese Schweinereien müssen endlich aufhören."
„Namen und Adressen der Beschuldigten", bellte nun der Polizeichef verdrossen.

„Alles da. Alles recherchiert. Es sind zwei Kellner des Hotels Marine Club Beach Ressort in Santa Maria, sie heissen Pedro und Ernesto Romanos, spanische Bürger von den Kanarischen Inseln. Hier haben sie weitere Fotos von den Kerlen an ihrem Arbeitsort."

„Und wo können die Leute eventuell abgeholt und angeklagt werden?"

„Da muss ich Ihnen noch etwas gestehen. Beide liegen inzwischen verletzt im Krankenhaus, denn ich habe mich ein wenig an den Hunden gerächt und sie entmannt,", flüsterte Miguel Ramos. „Der Spitaldirektor von Santa Maria hat mich zu Ihnen geschickt, ansonsten liesse er mich sofort auf der Insel Sal einlochen. Sie verstehen doch gewiss meine Reaktion auf die Demütigung meiner Frau, Senior Commandante?"

„Ich verstehe überhaupt nichts mehr. Hier herrscht nur noch ein großer Sauhaufen!", brüllte Gabriel Rocha. Seid ihr denn alle Tiere geworden anstatt Christen? Ist euer ganzes Empfinden nicht im Hirn, sondern in der Hose? Auch Sie sind sofort verhaftet wegen zweifachen Tötungsversuchs. Wer ist die Frau auf diesen Fotos, die missbraucht wird?"

„Es muss eine Touristin sein, die keine Anzeige erstattete, im Hotel Pestana Tropico wohnte, und zwar am 28. März dieses Jahres. Meine Handyfotos zeigen immer das Datum an. Aufgrund der Gästeliste kann man diese gewiss ermitteln.

„Ich werde der Sache nachgehen", zischte der Polizist. Bei sich dachte er aber: „Den Teufel werde ich. Wir wollen doch nicht wieder alte Wunden aufreissen. Oftmals sind diese geilen Damen auch selbst schuld, wenn sie ihre Reize provokativ zur Schau stellen. War das noch eine schöne Zeit, als wir hier ohne die vielen Touristen auskamen. Ja, sie bringen Geld, aber auch viel Unruhe, und sie untergraben unsere Wertvorstellungen."

Die beiden Männer von den Kanaren, denen ihr bestes Stück abgeschnitten wurde, litten grässliche Schmerzen und waren nicht nur körperlich, sondern auch seelisch am Boden zerstört. Sie benötigten zum Harnlassen einen künstlichen Ausgang. Eine OP, wie sie auf Cabo Verde wohl noch nie durchgeführt wurde. Ein Chirurg aus Dakar wurde eingeflogen. Trotzdem kostete die ganze Sache weniger als vergleichsweise in Europa, aber die ganze Barschaft und der Besitz der beiden Kellner gingen drauf, denn Krankenversicherungen wie im Westen kannte man hier kaum.
Sie schworen dem Verrückten, der ihnen das angetan hatte, entsetzliche Rache und wollten sich nachher selbst umbringen. Es gab hier auf diesen Inseln schon so etwas wie Blutrache.

15

Die Monate plätscherten dahin und es zeigte sich immer deutlicher, dass Reinhold den Zahnarztberuf nicht mehr ausüben konnte. Auch die Schaffhauser Ferienbekanntschaft wurde nicht recht warm bei dem Gedanken, nach Zürich umzuziehen. Die Oberholzers hatten ihr Umfeld und ihr soziales Netz in der Munotstadt so schön aufgebaut, dass sie das nicht mehr missen wollten. Sybille kam nieder und gebar Sonja, ein allerliebstes Töchterchen, das durch ihr erstes Lächeln alle verzauberte. Sie war mit ihrer nahezu olivfarbenen Haut etwas südländisch angehaucht und Reinhold meinte gut gelaunt: „Man sieht, wo wir unseren Engel bestellt haben. Es grüsst uns ein wenig Afrika, wenn wir das süsse Gesichtchen studieren."

Sybille gaben solche Äusserungen jedes Mal einen Stich ins Herz. Konnte sie das immer negieren und zur Seite schieben? Oder sollte sie doch heimlich einen Vaterschaftstest machen lassen? Diese ewige Ungewissheit nagte doch an ihrem Innersten. Als sie sich entschloss, dies klammheimlich zu klären, brach ein weiterer Schicksalsschlag über sie und Reinhold herein, denn er erlitt einen zweiten und viel stärkeren Schlaganfall.

„Gott, warum strafst du uns so grausam?", schrie sie in durchwachten Nächten. Die Intensivstation im Krankenhaus liess Sybille äusserlich und innerlich zusammenfallen, denn sie schlief praktisch nicht mehr und ass und trank kaum etwas. War es Tag oder Nacht, Sybille wusste es nicht, als ein grelles, durchgehendes Pfeifen der Messgeräte sie aufschreckte. Sie starrte auf die flach werdende rote Linie der Herzfrequenz ihres Mannes auf einem der Monitore, die vorher noch munter auf und ab zuckte.

„Exitus", rief bald eine herbeieilende Krankenschwester und bemerkte dabei gar nicht, dass Sybille sie mit schreckgeweiteten Augen anstarrte. „Das also ist das Ende, mein Reinhold? Für dich eigentlich schön und schnell, aber für mich die absolute Hölle! Wie kann ich mich auch so schnell von dieser beschissenen Welt verabschieden? Aber halt, da ist ja noch Sonja, und die braucht ihre Mutter", schoss es ihr durch die Seele.

Der leitende Arzt versuchte, Sybille mit der Mitteilung zu trösten: „Wissen Sie, Frau Sommer, ich kann Ihren grossen Schmerz verstehen. Aber ich muss Ihnen sagen, dass der brutal schnelle Abschied von Ihrem Mann trotz seiner Tragik auch etwas Gutes hat. Grosse Teile des Gehirns wurden durch diesen zweiten Schlag angegriffen oder gar zerstört, sodass er nachher wohl noch existiert, aber nicht mehr richtig gelebt hätte. Er wäre geistig und körperlich ein Krüppel geworden. Für Sie und für ihn selbst wohl ein Albtraum.

Sie hätten Ihren Mann nicht mehr erkannt und er Sie sowieso nicht. Ich weiss, das ist grausam. Und doch musste ich Ihnen das sagen. Mit der Zeit wird das vielleicht zu einem Trost für Sie, dass beiden unendlich viel Leid beiden erspart geblieben ist."

Äusserlich aber wurde sie seit jenem Tag hart und schwer zugänglich, innerlich dafür umso verletzlicher und sensibler.

Die folgenden Tage zu beschreiben, die Gefühle und Empfindungen, die durch das Innerste rasten, da fehlen in jeder Sprache die entsprechenden Worte. Zum Glück gab es Medikamente, die einen vorübergehend in Watte packten und halb wegtreten liessen. Sonst würde man verrückt und durchdrehen.

„Wenn dies hier alles vorbei ist, verkrieche ich mich mit Sonja an einem unbekannten Ort und baue entweder auch mir mein Grab oder dann ein neues Leben auf, wenn man das so sagen kann", fasste Sybille ihre Gedankensplitter zusammen.

„Nichts wird mehr sein, wie es einmal war. Alles wird ganz anders werden. Lohnt sich dies überhaupt? Ohne Reinhold ist alles so leer und so sinnlos. Aber ich habe die Pflicht, für Sonja da zu sein."

Zum Glück zahlte eine Lebensversicherung eine ziemlich grosse Summe, eine halbe Million Schweizer Franken. Sybille konnte auch die Praxis zu einem guten Preis an einen Nachfolger verkaufen. So waren für sie wenigstens finanziell keine Sorgen vorhanden. Sie trennte sich von ihrer alten Heimat, von all ihren Freunden sowie nahen und fernen Verwandten und begann ein neues Leben.

Wohin kann man, wenn man gerne in Europa bleiben und doch so weit wie möglich weg will? Zum Beispiel auf die Kanarischen Inseln. Diese gehören zu Spanien, liegen aber im Atlantik und nahe der afrikanischen Küste, sodass ab und zu der Sand der Sahara herüberweht.

„Gehen wir also auf diese Inselgruppe, aber nicht dorthin, wo sich die grossen Touristenströme ergiessen, sondern wo eher Stille herrscht", entschied Sybille nach langem Überlegen.

16

Die kleine Insel La Gomera hat seit Kurzem zwei Einwohner mehr, Sybille und Sonja. Am Felsen der steil abfallenden Küste klebte eine gemütliche Finca, die malerisch von Weinstöcken und Tomatenpflanzen umgeben ist. Sogar ein kleiner Pool schmückt das Anwesen, von dem man einen atemberaubenden Blick auf das Meer geniesst. So erlebte Sybille traumhafte Sonnenaufgänge und -untergänge, die ihre Gedanken wieder zu tieferer Denkweise anregten. Die alten, behaglichen Mauern, die nach Berichten etwa zweihundert Jahre alt seien, viel dunkles Holz, alles gab eine Atmosphäre von Ruhe, Beständigkeit und Heimat, sodass man sich wahrlich wohlfühlte.

Von der Hauptstadt Sebastian de la Gomera aus erreicht man mit einem kleinen Linienbus, Guaguas genannt, der überall auf Handzeichen hin hält, dieses Traumhaus in einer knappen Stunde, denn die Strassen sind schmal und kurvig. Gut, die Busse fahren relativ selten. Aber hier hat man Zeit. Hier kennt man keine Eile. Man schaut wenig auf die Uhr, selbst wenn man eine hat, sondern eher auf den Stand der Sonne.

„Wenn Sonja eines Tages zur Schule muss, dann wird dies ein langer Weg. Aber bis dahin war es ja noch weit. Wer weiss, wo wir dann leben", dachte Sybille, als sie ihre fünf Hühner fütterte, die um die Finca gackerten und jeden Tag ein oder zwei Frühstückseier legten.

„Einfach grossartig, so ein halber Bauernbetrieb, der uns zu nahezu dreissig Prozent zum Selbstversorger macht. Schon sind auch wieder einige Bananen reif. Und auch neue Kartoffeln warten auf ihre Ernte. Gott hatte bei der Schöpfung den Süden schon viel lieber als den Norden, den hier wächst und gedeiht mehr, obschon weniger Regen fällt", sinnierte sie weiter und lächelte wieder einmal dazu. Wie befreiend so ein Lächeln wirken kann.

Ein freundliches „Buonas Dias" erschreckte Sybille fast ein wenig, denn hier waren Gäste, Besucher oder auch Wanderer sehr selten. Fragend blickte sie auf und bemerkte: „Ja, wer sind Sie und was wollen Sie?"

„Ich bin Ihr Nachbar, zwei Kilometer von hier entfernt. Wir sind uns schon im Guaguas begegnet. Ich habe ein riesiges Problem, Senorita oder Senora, denn in meinem ganzen Haushalt finde ich keine Prise Salz mehr. Ungesalzen schmeckt das Essen scheusslich und Busse fahren erst wieder nächste Woche."

„Nun, da kann ich Ihnen schon aushelfen. Treten Sie näher, Senior. Zu viel Salz ist ungesund, aber ohne Salz schmeckt wirklich nichts." Nach langer Zeit bemerkte Sybille wieder einmal, wie wohl das tut, mit jemandem

74

ein paar Worte zu wechseln. Ein Einsiedlerleben ist auch nicht einfach.

„Wie ist denn Ihr Name, Nachbar?", fragte Sybille recht freundlich, nachdem sie ihm ein Beutelchen Salz in die Hand gedrückt hatte. „Und wie sind Sie hierher gekommen? Etwa zu Fuss? Dann darf ich Ihnen etwas zu trinken anbieten?"

„Entschuldigung, ich darf mich vorstellen. Miguel Ramos, ursprünglich von den Inseln Cabo Verde, von Santa Maria auf der Insel Sal."

„Ja, kenne ich. Wir, das heisst, mein Mann und ich, machten dort einmal eine Woche Urlaub."

„Ja, ich weiss."

„Woher wissen Sie das?"

„Nun, das ist eine lange Geschichte. Sind Sie bereit, sie sich anzuhören, ohne dass alte Wunden aufgerissen werden?"

Ganz verblüfft, wenn nicht gar erschrocken blickte Sybille nun den sympathischen, etwa vierzig Jahre alten Mann an und meinte dann schliesslich etwas zögernd: „Ja."

„Ich mache es so kurz wie möglich. Nachher können Sie mich zum Teufel jagen oder noch mehr hören. Ganz, wie Sie wollen. Ich hielt mich an jenem Abend hinter einer Sanddüne am Meer auf, als Sie von diesen beiden Schweinen vergewaltigt wurden. Ich habe noch immer entsprechende Fotos auf meinem Handy. Eingreifen wollte ich nicht, dazu war ich leider zu feige. Die beiden Kerle aber merkte ich mir, denn sie stammten wie ich von der Insel Sal und arbeiteten dort in einem Hotel. Einen Monat später taten sie meiner Frau das gleiche Leid an, sie verkraftete den Schock ihres Lebens nicht und ging in den Tod. Das Meer nahm sie gnädig auf und ich hoffe, Gott auch."

Darauf herrschte einige lange Momente Grabesstille. Endlich fuhr Miguel Ramos weiter:

„Ich rächte mich an den beiden, indem ich sie überrumpelte und entmannte. Bitte erschrecken Sie jetzt nicht. Auf den Inseln um Afrika herum herrschen noch andere Gesetze als in Europa. Ich fand die Strafe nur gerecht und meldete dann alles der Polizei in Praia. Wissen Sie, was dann geschah? Man verhaftete mich und liess die beiden Übeltäter, wenn auch jetzt als menschliche Wracks, laufen. Dank guter Beziehungen zum Gefängnisdirektor konnte ich fliehen. Wohin flüchtet ein Mann aus Cabo Verde, wenn er nach Europa will? Nach Spanien, und zwar soweit weg wie möglich vom spanischen Mutterland."

„Verrückte Geschichte. Aber woher kennen Sie mich und wie haben Sie mich in La Gomera ausfindig gemacht? Ist das der zweite Teil der Story?"

„Gewissermassen schon. Möchten Sie noch mehr hören?"

76

„Ja, wenn wir dazu ein Glas Wein trinken.“

„Gerne. Das Gehörte macht Durst, nicht wahr? Also, ich kannte den Hoteldirektor in Praia und kam so an Ihren Namen und Ihre Adresse in der Schweiz. Ich bekam mit, dass Sie durch den Tod Ihres Mannes in grosse Trauer verfielen. Ein Kollege von mir wohnt in Zürich und berichtete mir laufend, denn ich interessierte mich schon mehr als normal für Sie und Ihr Schicksal, müssen Sie wissen. Ihr Bild war mir stets vor Augen, in Ihren Augen sah ich meine ganze Welt. Aber lassen wir das, denn ich will Sie wirklich nicht erschrecken.

Der Zeitpunkt kam, wo Sie alle Brücken hinter sich abreissen und nach Gomera reisen wollten. Ich lebte damals auf Teneriffa in Santa Cruz und besuchte zum ersten Mal Gomera. Diese Insel gefiel mir sofort. Nun, Sie siedelten sich hier an und ich in der Folge zwei Kilometer von hier entfernt.“

„Und, wie geht die verrückte Geschichte weiter?“

„Das weiss ich nicht.“

„Sehen Sie denn in meinen Augen immer noch ihre ganze Welt?“

„Ja, ganz ehrlich und aufrichtig.“

„Nun, ich bin einverstanden, wenn wir uns einmal in der Woche sehen, bei Ihnen oder bei mir. Was arbeiten Sie denn eigentlich?"

„Ich bin als Kellner über das Wochenende in einem Hotel in Sebastian tätig. Die ganze Woche brauchen sie mich dort noch nicht. Vielleicht kommt das ja noch. Aber Sie sehen ja selbst, man lebt hier mit wenig und braucht nicht so viel."
„Ja. Sind Sie zu Fuss gekommen?"

„Nein, die Italiener bauen so grossartige Kleinwagen, vor allem für kleine Inseln mit schmalen und kurvenreichen Strassen wie hier. Ich habe einen Fiat 500. Darf ich Sie demnächst mal zu einer Probefahrt einladen?"

„Gerne. Wie wäre es nächste Woche, aber mit meiner Sonja?"

„Fantastisch. Ich hole Sie am Dienstag ab und lade Sie zu einem einfachen Essen in meiner Finca ein."

17

Die Zeit bis zum Dienstag zerrann sehr langsam und zäh. Es wollte und wollte nicht werden. Sybille schimpfte sich eine Eselin angesichts der Tatsache, so sehnlich auf diese erneute Begegnung zu warten. Aber es nützte alles nichts, sie freute sich auf die Abwechslung in ihrem gegenüber früher doch etwas eintönigen Leben hier auf der Finca. Oder war es etwa mehr als nur Freude? Als der kleine Fiat jetzt direkt vor ihrer Haustür brummte, klopfte sogar ihr Herz ziemlich heftig.

„Und ich glaubte, keines mehr in meiner Brust zu haben", realisierte sie diesen ihr inzwischen ungewohnten Vorgang und wurde nun doch etwas unruhig. „Mädchen, beherrsche dich. Du bist nicht mehr achtzehn und die Backfischzeit ist längst vorbei."

Die Finca von Miguel Ramos war sogar etwas grösser als ihre, allerdings ohne Pool. Sie lag auch nicht so direkt am Fels, der dann zum Meer hinabstürzt, also etwas lieblicher. „Für meine kleine Sonja wäre dies von Vorteil, nicht so direkt am steilen Abhang", dachte sie plötzlich und schalt sich verrückt, so einen Gedanken überhaupt zu haben.

„Zu Beginn möchte ich Ihnen eine Geschichte von der Insel La Gomera erzählen, nur um Sie wissen zu lassen, auf was für einem berühmten Eiland wir hier leben", eröffnete Miguel das Buffet, das er angerichtet hatte und unter dem sich die knorrige Tischplatte förmlich zu biegen schien. Alles, was die Kanaren und ganz Spanien wohl zu bieten hatten, zeigte sich hier sehr schön angerichtet, sodass einem das Wasser im Mund zusammenlief.

„Christoph Kolumbus machte hier auf La Gomera seine letzte Zwischenstation, bevor er im September 1492 zu seiner Reise nach Indien aufbrach, bei der er ja bekanntlich Amerika entdeckte. Gerüchte sagen, dass er zur späteren ,Taufe' des amerikanischen Kontinents Quellwasser aus einem Brunnen von San Sebastian de la Gomera verwendet hatte. Stellen Sie sich das einmal vor, mit Wasser von dieser Insel wurde Amerika getauft."

„Nun gut, nicht nur Menschen, sondern auch Schiffe und alles Mögliche werden ,getauft'. Aber ob sogar Länder und Kontinente das über sich ergehen lassen müssen oder dürfen? Da treibt die Fantasie schon ihre Blüten, oder nicht?", entgegnete Sybille.

„Ja, aber was wäre das menschliche Leben ohne diese Fantasie und ohne diese Geschichten?"

„Nun, für Sie und für mich doch sehr abwechslungsreich, wenn nicht sogar abenteuerlich."

„Darf ich Sie nun zu Tisch bitten, gnädige Frau, so sagt man, glaube ich, auf Deutsch."

„Nur in Österreich, in Teilen Bayerns und in Adelskreisen", lachte Sybille. „Das sieht ja verlockend aus. Wie haben Sie nur alles arrangiert?"

„Oh, ich habe mich so auf dieses Zusammensein gefreut und damit war die halbe Arbeit schon gemacht. Lieben Sie Zwiebeln und Knoblauch?"

„Sehr. Auch wenn die Folgen davon manchmal nicht sehr damenhaft sind."

„Aber äusserst gesund. Also, so darf ich Ihnen zunächst eine echte spanische Zwiebelsuppe offerieren? Und dann als zweiten Gang Käse mit Schinken, mit einem oder zwei Gläsern Vino Tinto?"

„Klingt verführerisch."

„Ich möchte Sie nicht verführen, sondern einfach nur glücklich machen."

„Ich glaube, das gelingt Ihnen. Aber sagen Sie, wie haben Sie in der Schweiz jemand kennen gelernt, der mich beobachtet und jeden meiner Schritte gemeldet hat?"

„Die weibliche Neugierde schlägt also auch bei Ihnen etwas durch? Gutes Zeichen. Können Sie sich vorstellen, dass der Botschafter eines afrikanischen

Landes in der Schweiz nicht sehr viel zu tun hat? So zum Beispiel der Botschafter Senegals? Ich kenne diesen Mann gut von früher her und er war mir noch einen Gefallen schuldig. Durch ihn und sein Netzwerk, das er sich in der Schweiz aufgebaut hat, wurde mir das Wichtigste mitgeteilt, wenn auch mit grosser zeitlicher Verzögerung. Aber Sie wissen ja, in Afrika spielt Zeit nicht so eine Rolle. Viele haben dort keine Uhren, sie haben aber viel Zeit."

Es wurde ein festlicher Nachmittag und wäre wohl auch noch ein fröhlicher Abend geworden, aber die kleine Sonja verlangte nach ihrem Bettchen. Und nach dieser Prinzessin hatten sich alle zu richten. Sybille bot Miguel sogar das Du an, was dieser freudig annahm und mit einem Kuss auf die Wange besiegelte. „Heute bin ich seit langer Zeit wieder einmal rundum glücklich", bezeugte er mit strahlenden Augen. Und Sybille erwiderte mit freudigem Lachen: „Ich auch."

„Wann wiederholen wir einen solchen Nachmittag?"

„Nächste Woche, aber bei mir", schlug sie vor.

„Es wird wieder ein Fest für uns."

„Ich werde dann etwas Schweizerisches kochen."

„Sie haben, nein, du hast deine Heimat noch nicht vergessen?"

„Nein. Ich glaube, das kann man nie."

„Erzähle mir dann bitte viel über dieses wunderbare Land."

„Wunderbar? Nun, es gibt auch bei uns Sonnen- und Schattenseiten."

„Ich weiss schon, dass die Sonne in der Schweiz weniger scheint als auf den Kanaren, aber die Schattenseiten des Lebens halten sich in Grenzen und werden sogar bekämpft und behoben. Ich würde viel dafür geben, dieses Land einmal kennen zu lernen."

Mit diesem Wunsch in den Ohren wurden Sybille und Sonja zu ihrer Finca zurückgefahren.

18

Sybille liess sich jeden Monat einmal ein so genanntes Fresspaket aus der Schweiz mit Spezialitäten aus unterschiedlichen Landesteilen kommen, die das heimliche Heimweh unterdrücken sollten. Von Zürich ging dieses Paket mit dem Flugzeug nach Las Palmas und von dort per Schiff zur Insel La Gomera. Gar nicht so kompliziert, wenn man weiss, wie. Da waren denn typische Schweizer Teigwaren, Kalbfleisch, so weiss, wie man es halt nur in der Schweiz kennt, Bratwürste, Schokolade und andere Süssigkeiten und weiss was alles drin, jedes Mal ein Fest, wenn das Meiste heil ankam.

„So ganz und gar ohne Swissness geht es einfach nicht", lächelte Sybille, als wieder ein Paket ankam, für das Transport und das Porto wohl teurer waren als der Inhalt. Aber was soll's. Sie hatte ja ihre frühere Wohnung in Zürich auch nur vermietet und nicht verkauft. Der Zins lief dort auf ein Konto bei ihrer alten Bank. Das Konto ertrug solche kleinen Belastungen.
„Ich habe viele ältere Schweizer gesehen, die als Pensionäre gerne in den sonnigen und warmen Süden auswanderten. Als sie aber ganz alt und sehr krank wurden, kamen manche wieder zurück, obschon sie alle

Brücken abgebrochen hatten. Das tue ich nicht, denn das war hart für sie."

Der Wurst-Käsesalat war zwar nicht Haut Cuisine, aber er schmeckte beiden die Woche darauf auf der Terrasse der Finca ausgezeichnet. Ebenso das Kalbsgeschnetzelte an Weissweinsauce mit Berner Rösti. „Solch weisses und weiches Fleisch kriegt man auf der ganzen Welt nicht", bemerkte Miguel und schmatzte dazu vor Vergnügen.

„Lass noch etwas Platz für das Dessert. Kennst du Merengue mit Schlagrahm und einer Kugel Vanilleglacee?"

„Nein. Noch nie gehört."

„Das Essen bei uns die Leute nach einem ausgiebigen Mahl. Dann brauchen sie als Ausrede natürlich einen Schnaps zum Verteilen."

„Ja, im Emmental, woher der gute Käse mit den Löchern herkommt."

„Woher kennst du denn die Schweiz so gut? Warst du doch schon mal dort?"

„Nein. Aber der Botschafter Senegals schwärmt davon. Er ist ein richtiger Fan deiner Heimat. Wie heisst der berühmteste Berg der Schweiz?"

„Oh, da gibt es einige. Aber bleiben wir im Bernbiet. Da ist wohl die Jungfrau der berühmteste, denn dort oben befindet sich der so genannte ‚Top of Europe'."

„Ja, und bei dieser Jungfrau, im ewigen Schnee und Eis, sieht man an gewissen Tagen und wenn die Sonne scheint, an der riesigen Felswand ein so genanntes Schattenkreuz."

„Das habe ich noch nie gehört und gesehen."

„Kommst du mal mit in deine Heimat und zeigst mir die wichtigsten und schönsten Orte?"

„Warum eigentlich nicht?", reagierte Sybille glücklich und nahm spontan Miguel in die Arme, der schon lange darauf wartete und sie kaum mehr losliess.

19

Es war seine erste Reise nach Zentraleuropa und sie übernachteten in Zürich in einem ziemlich noblen Haus in einem Doppelzimmer. Miguel war hin- und hergerissen von allem, was auf ihn einstürmte, vor allem in Zürich selbst. „Alles so sauber und perfekt hier. Warum sind nur die Menschen hier nicht glücklicher und machen meistens so verbissene Gesichter?", fragte er verwundert.

„Ich wusste gar nicht, dass ich auf sexuellem Gebiet noch derart reagiere", erschrak Sybille über sich selbst. „Soll ich mich darüber schämen oder freuen? Ach was, zum alten Eisen gehöre ich noch nicht, und Miguel war ein wunderbarer und zarter Liebhaber. „Kaum zu glauben, dass er in einer der grössten Krisen seines Lebens zwei Männer zu Krüppeln machte. Verflucht, weg mit solchen Gedanken. Diese machen nur alles Erlebte kaputt."

Überhaupt erlebte Sybille hier ein Wechselbad der Gefühle, denn an jeder Ecke stürmten Erinnerungen mit Reinhold auf sie ein und sie fragte sich, ob sie mit ihrem heutigen Tun ihn wohl beleidigen würde. Auch um ihre Attikawohnung schlich sie und erhaschte manchen Blick und damit manche Erinnerung an früher, bis sie ganz klar zu sich sagte: „Reinhold versteht mich gewiss, denn das Leben geht weiter, für ihn in einer anderen Dimension und für mich hier auf der Welt. Und ich kann Zürich einfach nicht gänzlich streichen, denn zu gross sind die Bindungen von früher. Soll ich Miguel fragen, ob er hier leben könnte? Aber als was? Welchen Beruf soll er ergreifen? Es muss zuvor noch vieles klar werden, in mir und auch in ihm."

Miguel war von allem begeistert, vom Wetter einmal abgesehen.

„Man gewöhnt sich an alles. An das Wetter, an den Wohlstand, an die Leute mit ihren Launen. Leider ist das so", erklärte Sybille. „Aber wie gefällt dir Little Big City?"

„Was wird hier so genannt?"

„Zürich. Die kleine und doch grosse Stadt."

„Grossartig. Hier sprechen sogar viele Menschen portugiesisch und es hat, glaube ich, kaum ein richtiges portugiesisches oder spanisches Restaurant."

„Doch, hat es schon. Aber damit verdienst du auch nicht grossartig."

„Weil die Köche Stümper sind und Wesentliches verlernen und vergessen. Nun, meine Grosseltern stammen aus Estoril in Portugal und waren ziemlich vermögend. Meine Zeit auf den den Kapverden ist nicht unbedingt ein Zeichen dafür, mittellos zu sein. Noch eine Bitte, Sybille. Können wir nicht nach Bern reisen und dort das Schattenkreuz in der Jungfrauwand betrachten? Das Wetter scheint gut zu bleiben und Gott selbst schenkte euch euer Nationalzeichen an einem der berühmtesten Berge der Welt."

„Klar, Bern ist nur ein Hupfer von Zürich weg. Aber ich glaube, du willst dort auch deinen Freund, den Botschafter von Senegal treffen."

„Ja, wäre doch schön. Er hat mir sehr geholfen."

20

„Du in der Schweiz", meinte erstaunt seine Exzellenz Habil Ben Jordan in der senegalesischen Botschaft in Bern. „Und die reizende Dame an deiner Seite?"

„Ist Schweizerin und lebt jetzt in der Nähe von mir in La Gomera auf den Kanaren. Wir sind sehr gut befreundet."

„Du hast doch bei allem Unglück immer wieder unverschämtes Glück, Miguel.
Darf ich euch zu einem bescheidenen Essen einladen?"

Nun, das „bescheidene" Essen erfolgte im Hotel Bellevue neben dem Bundeshaus in Bern und kostete vermutlich eine Stange Geld. „Heute sieht man vermutlich von der Terrasse aus das Schattenkreuz in der Jungfrau. Ihr habt wirklich Glück", meinte der Botschafter vergnügt. „Übrigens, etwas weniger Erfreuliches für dich, Miguel. Weisst du, dass dich vor allem ein Mann von den Kap Verden sucht wie die berühmte Nadel im Heuhaufen? Der andere ist gestorben, wohl zu deinem Glück. Sonst wären jetzt beide auf deiner Fährte."

„Woher weisst du das?"

„Nun, wir haben manchmal sogar Kontakt zu gewissen Geheimdiensten, was sich als nützlich erweisen kann. Der ‚Amputierte' hasst dich abgrundtief, was ja im gewissen Sinn auch zu verstehen ist. Entschuldigung, Madame, ich denke, Sie kennen die tragische Geschichte?"

„Ja, Sie können ganz offen sprechen. Die Strafe war gewiss ungewöhnlich, aber für afrikanische Verhältnisse doch wieder eher verständlich." Dass sie selbst auch Opfer dieser Kerle wurde, verschwieg sie, denn wann verstehen schon Männer auf solchen Gebieten eine Frau wirklich? Nie.

„Sehen Sie jetzt das Schattenkreuz im Jungfraumassiv, Frau Sommer? Gewiss, es ist nicht vollumfänglich sichtbar, aber immerhin doch höchst spektakulär. Und was interessant ist; die wenigsten Schweizer wissen um dieses Naturwunder."

„Wenn man auf Schritt und Tritt Naturwundern begegnet, verliert man das Auge für Details. Und zudem: Es leben einfach zu viele Leute in diesem kleinen Land", meinte Sybille.

„Entschuldigen Sie, dass ich Sie korrigiere. Aber kennen Sie zum Beispiel Bangladesch?"

„Nein, warum?"

„Dreieinhalbmal die Fläche der Schweiz und 160 Millionen Menschen tummeln sich dort. Grosse Teile des Landes stehen stets unter Überflutungsgefahr wegen des Meeres und des Monsunregens. Würde zum Beispiel der Meeresspiegel um einen Meter steigen, versinken in den Fluten Landmassen so gross wie die halbe Schweiz. Dagegen ist hier alles direkt sehr einsam."

„Fürchterlich. Und niemand unternimmt was dagegen?"

„Niemand. Wie auch und wer? Die Überbevölkerung wird eines der grossen Probleme der Zukunft unseres Planeten werden."

„Nebst anderen, gewiss."

„Ich muss zurück zu Sonja ins Hotel. Ihr könnt ohne Weiteres noch etwas plaudern", erklärte Sybille plötzlich und schaute erschrocken auf die Armbanduhr. „Sie haben eine Tochter?", meinte der Botschafter, war aber eigentlich daran nicht sehr interessiert.

„Ja, aus erster Ehe. Mein Mann starb leider vor zwei Jahren."

„Das tut mir leid."

„Ja, danke, mir auch. Aber mit Miguel habe ich jemand gefunden, der meinem Leben wieder einen besonderen Sinn gibt."

Diese Worte waren für Miguel ein wärmender Sonnenstrahl. Wie tat der gut nach dem Eiszapfen, der sich in ihm bilden wollte, als er hörte, dass der Saukerl von der Insel Sal immer noch nach ihm suchte und sich rächen wollte.

21

„Danke für dein Schlusswort", bemerkte Miguel freudig zu Sybille. „Ich meine, dass dein Leben wieder einen Sinn hat."

„Ja, und bevor wir wieder auf die Kanaren reisen, möchte ich dir noch eine besondere Ecke der Schweiz zeigen, das Tessin. Es hat viel Mediterranes dort und wird dir vermutlich auch gefallen."

„Ist das weit weg?"

„Nichts in der Schweiz ist weit weg. Alles ist zum Greifen nahe."

„Das ist auch was Grossartiges an diesem Land. Man fährt 200 Kilometer und ist in einer völlig anderen Welt."

„Oh, manchmal geschieht das schon nach fünfzig Kilometern. In gewissen Ländern fährt man tausend und es ändert sich nichts. Darum ist die kleine Schweiz eigentlich ein grosses Land", lächelte Sybille. „Willst du mit der Eisenbahn, mit dem PKW oder gar mit dem Flugzeug reisen?"

„Eisenbahn, das wäre doch mal ein besonderes Erlebnis für einen Halbafrikaner."

Die Fahrt durch den über hundert Jahre alten Gotthardtunnel mit seinen Spitzkehren im Fels, mit der fantastischen Aussicht in die wilden Täler und in den allmählich lieblicher und milder werdenden Süden war schon ein besonderes Erlebnis für Miguel. Als sie schliesslich an der Piazza von Ascona standen, war er wirklich wie verzaubert, ja, sogar etwas verhext vom ganzen Ambiente.

„Hier möchte man noch eine Zeit lang leben und dann auch sterben, denn ich glaube, hier findet man Frieden mit Gott und den Menschen und vor allem auch Frieden mit sich selbst", meinte er mit einem verträumten Blick wie aus einer anderen und in eine andere Welt.

„Warum, Miguel? Hast du den keinen Frieden gefunden, weder mit dir selbst nicht noch mit der Welt?", fragte Sibylle etwas erschüttert über seinen plötzlichen Ausbruch, der von ganz innen zu kommen schien.

„Doch, ich bin daran, jeden Tag etwas mehr, seitdem ich dich kennen lernen durfte."

„Ach Miguel, du kennst mich ja gar nicht."

„Ja, das ist richtig. Darf ich dich noch mehr und besser kennen lernen, und zwar in einer Szenerie wie hier?

Überdies: Ich kenne dich bereits besser, als du vielleicht meinst."

„Dann müssten wir einige Zeit hierbleiben."
„Ja, bitte", bettelte er mit seinen immer noch verträumten Augen wie ein kleiner Hund, der nach Nahrung schielt. „Hier sind wir wie im Paradies."

„Neben jedem Paradies lauert aber immer die Hölle."

„Wenn man diese sieht, kann man ihr ausweichen."

„Aber viele laufen stumpfsinnig durch die Tage und sehen nicht, was vor ihren Augen abläuft."

„Ja, das ging mir oft auch so, bis die Hölle in mir loderte und alles zu spät war."

„Du meinst den Tod deiner Frau und die Verstümmelung der beiden Gangster?"

„Wollen wir bei diesem herrlichen Panorama hier nicht von etwas anderem sprechen? Hier sind wir weit genug weg von Cabo Verde. Aber oft habe ich das Gefühl, ja sogar den Verdacht, auf den Kanaren sicher vor Verfolgung zu sein."

22

Wenn der gute Miguel gewusst hätte, dass sogar im Locarnese, am majestätisch daliegenden Lago Maggiore, umgeben von malerischen Hügeln und dahinter wie ein Abschluss in eine andere Welt die schneebedeckten Alpen, man auch nicht unauffindbar ist. Wo ist man denn im Zeitalter des „gläsernen Menschen" noch sicher? Vermutlich nur im eigenen Grab. Gewiss, es sind immerhin um die vier Flugstunden von den Kanaren bis nach Zürich oder Mailand. Und dann nochmals einige Zeit mit der Bahn oder dem Auto. Aber was sind das für einen rachsüchtigen Afrikaner? Nichts, denn er hat alle Zeit der Welt, solange noch ein Funke Leben in ihm ist und die Rache täglich lichterloh brennt.

Auf so scheussliche Weise entmannt zu werden, das gräbt sich ins Innerste und verletzt immer wieder neu und ganz grausam. Die Rache wächst zu ihrer grösstmöglichen Dimension heran und beherrscht das ganze Sein. So wurde eines Tages, von einem noch nicht ganz vierzigjährigen Mann und nach unendlich vielen Anläufen, die Finca auf der Insel Gomera entdeckt, die einem gewissen Miguel gehörte, der ursprünglich von den Kapverden stammt.

„Gott oder Satan, hast du mein Schreien endlich gehört und erhört?", stammelte José Albatros vor sich hin. So nannte sich Pedro Romanos heute. Er war der Überlebende des damaligen Racheaktes. „Ist das wirklich dieser Miguel Ramos, der Mann, der mein Leben total zerstörte? Und das wegen einer Frau", dachte er zum tausendsten Mal verächtlich.

Auf einer kleinen Insel wie Gomera weiss offiziell niemand etwas über den anderen, denn alle sind nach aussen verschlossen wie Austern. Inoffiziell aber weiss jeder über jeden nahezu alles. Inselbewohner, vor allem von kleinen Inseln, sind schon eigenwillige Geschöpfe. Aber José Albatros hatte Zeit und wusste als ebensolcher Insulaner genau, wie man sich ins Vertrauen einschleichen kann.

Mittel dazu waren meistens Frömmigkeit, auch wenn diese scheinheilig war, Alkohol und das Wissen über willige Frauen, die hübsch sind und denen es sterbenslangweilig ist. Damit kann man in viele Männerherzen einsteigen und an gewisse Informationen herankommen. So hörte José doch tatsächlich, dass Miguel Ramos mit einer gewissen Frau Sybille Sommer, die auch ein eine hübsche Finca besitzt, zwei Kilometer von seiner gelegen, in die Schweiz abgereist war, vermutlich in gemeinsame Urlaubstage. Frau Sommer komme ja ursprünglich aus der Schweiz und die beiden seien in letzter Zeit oft zusammen gewesen.

Sich langweilende, hübsche junge Frauen waren dann allerdings bitter enttäuscht, wenn José nach ihren Auskünften dankend verschwand und sich nicht weiter mit ihnen abgab.

„Diese Weiber brennen innerlich und suchen das Abenteuer. Und wenn man dann mal eine vergewaltigt, soll man dafür bestraft werden und wird sogar noch entmannt. Was für eine verrückte Welt", dachte José. Dass er dabei einen bösen Denkfehler machte, bemerkte er nicht oder wollte er nicht bemerken.

„Schweiz?", fragte José seinen Hauptinformanten erstaunt. „Haben die denn so viel Geld, um in jenem gewiss schönen, aber teuren Land Urlaub zu machen?"

„Dummkopf, vergiss nicht, sie kommt von dort und wird gewiss noch ihre Beziehungen haben. Sie sind übrigens in Zürich abgestiegen. Das Hotel weiss ich nicht. Die Schweiz ist zwar ein kleines Land, hat aber doch acht Millionen Einwohner und dazu noch ein paar Millionen Touristen. Nur sei dort alles so gut organisiert und geordnet, dass man mit unverfänglichen Fragen an rechter Stelle gewiss Auskunft erhält, wo sich die beiden jetzt befinden. Das kostet aber, denn weisst du, auch ich möchte mal dort ein paar Tage Urlaub machen. Bist du bereit zu zahlen?"

„Halsabschneider. Ja, aber nur nach vorher geschätzten Kosten."

„Okay, dann ermittle ich für dich weiter." Klick machte es in der Leitung und ein gewisser Senior Fortalezza war für José Albatros wieder unerreichbar, bis er sich selbst meldete. „Wirklicher Halsabschneider, dessen Name wahrscheinlich auch erfunden ist. Fortalezza ist eine grosse Stadt an der Küste Brasiliens, aber vermutlich nicht sein eigener Name", dachte José etwas verärgert.

„Aber diese Frau Sybille Sommer kenne ich doch auch noch, und zwar ohne Kleider, am Strand in der Nähe von Praia, vom Hotel Pestana Tropico. Es gibt in der Schweiz vermutlich nicht so viele Frauen mit dem Namen Sommer. Ein Prachtweib, das wir damals vergewaltigt haben, das höchstwahrscheinlich unseren Überfall auch ein wenig genossen hat. Ich muss beide wiedersehen, koste es, was es wolle. Unerbittliche Rache ruft."

Drei Tage später schepperte wieder das Handy von José und der ehrenwerte Herr Fortalezza meldete sich: „Wie viel bist du bereit auszugeben für eine präzise Auskunft über gewisse Touristen in der Schweiz?"

„Du machst den Preis. Ob ich diesen bezahle, ist allerdings eine andere Frage."

„Ich glaube, für diese Angaben zahlst du gerne. Dein Hass frisst dich sonst noch auf, ohne ihn jemals gestillt zu haben."

„Das hättest du besser nicht gesagt. Also, wie viel?"

„Tausend Euro.“

„Bist du verrückt?“

„Dann lass es bleiben! Ich rufe noch einmal an, verstehst du? Noch ein einziges Mal, in etwa vier Stunden“ Dann hörte er wieder dieses verdammte „Klick“ und die Verbindung war tot.

„Mit dir sollte man auch ‚Klick‘ machen können und darauf hin wärest du mausetot. Aber was soll’s. Ich brauche die Information und das weiss der Kerl. Darum diese Wucherpreise. Wenn ich selbst in der Schweiz zu suchen beginne, brauche ich ein Mehrfaches an Geld. Und vielleicht wären die Leute schon wieder weggereist und die Suche begänne von Neuem. Genug erlebt habe ich das ja mit diesem verfluchten Ramos, der mich zum körperlichen und seelischen Krüppel gemacht und mir mein ganzes Selbstwertgefühl genommen hat.“

„Gut, ich zahle, wie üblich“, zischte nach drei Stunden José in sein Handy. „Wo genau sind sie?“

„In Ascona im Tessin, Hotel Eden Roc, ein edler und nobler Kasten, mit wunderschönem Blick über den Lago Maggiore. Ich würde allerdings vorschlagen, nicht im gleichen Haus zu logieren. So oberflächlich, wenn nicht geradezu dumm ist nämlich die Polizei dort nicht wie in gewissen Gebieten Afrikas.“

Die Bezeichnung Idiot hörte Fortalezza allerdings nicht mehr, denn José sprach ihn erst geifernd aus, als die Leitung schon unterbrochen war.

23

„Wir haben ja wirklich in Afrika viel Sonne, aber auf der Sonnenseite des Lebens sind wir nicht, vielmehr geht es den allermeisten dreckig und beschissen. Was geschieht, wenn sich die Massen dessen Mal richtig bewusst werden und aufstehen zu einer globalen Revolution? Nicht ein wild um sich schlagender und doch hilfloser riesiger Haufen, den man mit gezielten militärischen Schlägen ausschalten kann, sondern ein koordiniertes Vorgehen unter einer guten Führung. Dann fehlen eines Tages sogar Munition und Soldaten, um alles zu beenden. Vielleicht gelingt es sogar, einen solchen Anführer zu finden, bevor er vom Westen umgepolt und gekauft ist.

Am besten eignet sich auch heute noch dafür die Religion. Das sieht man ja hier deutlich, denn von hier aus wurde Jahrhunderte lang die halbe Welt dirigiert. Selbst heute noch geht von hier aus eine besondere Faszination in viele Millionen Herzen."

So dachte José auf seiner Reise in die Südschweiz, als er in Rom zwischenlandete und sich zum ersten Mal in der so genannten „Ewigen Stadt" etwas umsah, die tausendjährigen Ruinen betrachtete und sich vorstellte, was sich darin wohl alles abgespielt hatte.

„Eigentlich interessant, dass man trotz des Wohlstands, trotz alter und neuer Pracht, von einem krisengeschüttelten Italien spricht und dass die meisten Leute hier so missmutig dreinschauen. In den Slums von Afrika sehe ich viel mehr und echte fröhliche Gesichter, trotz Perspektivlosigkeit, Krankheit, Hunger und Elend. Ja, selbst Korruption in dieser Gesellschaftsschicht ist dort vertreten und allgegenwärtig, wo offiziell niemand etwas hat und besitzt. Nun fliege ich also nach Mailand, dem Wirtschaftsmotor Italiens, und von dort ist es, so scheint's, nur ein Katzensprung nach Ascona.

Dies sei ein kleines Kuhdorf mit gut 5'000 Einwohnern, aber viel Prominenz aus aller Herren Länder, viel so genannte Künstler und Freidenker tummeln sich dort und natürlich hat auch der Massentourismus schon seit langer Zeit dort eingesetzt. Es soll aber dort landschaftlich sehr schön sein. Es habe dort mehr Nobelhotels und stilvolle Boutiquen als in einem ausgewählten Stadtteil von London oder Paris." So liess sich José schon zuvor sagen und bewegte sich weiter in solchen Gedankengängen auf dem Al-Italia-Flug von Rom nach Mailand.

Und ob es schön war dort in Ascona, in einem friedlichen Paradies, mit einer Bilderbuchlandschaft, mit grossartiger Flora, mit einmaliger Küche, guten Weinen, südlicher Lebensart, mit der melodischen italienischen Sprache, die man in den verwinkelten Gässchen der Altstadt, aber auch an der Piazza und überall hörte, nebst einem Kauderwelsch aus einem Dutzend und mehr Sprachen der Touristen.

„Kommen hier die Leute denn mit solchem Gesichtsausdruck auf die Welt? Nein. Nur kennen die allermeisten nicht mal einen Bruchteil der Welt, sonst würden sie zufriedener in die Sonne blinzeln und dankbar sein für jeden Regen, der alles so herrlich grün hält. Aber auch ich komme je nicht in friedlicher Absicht in diese Gegend, sondern wegen meines Privatkrieges, um endlich meinen Hass zu stillen. Hoffentlich werde ich nach getaner Arbeit in meinem Innersten ruhiger." Eigentlich zweifelte José etwas daran, aber das gestand er sich nicht ein.

Das Hotel Eden Roc lag traumhaft direkt am Lago Maggiore. Man genoss von dort einen grossartigen Rundblick bis weit hinunter über die Grenze nach Italien. „Gut so. Dann kann ich nach getaner Arbeit sofort abhauen und bin gewiss da unten im Nachbarland sicherer vor polizeilichen Nachstellungen. Denen ist dort doch egal, wer in der Schweiz umgebracht wird, vor allem, wenn dies ein Ausländer ist." José hatte auch gehört, dass sich in der Schweiz und auch in Italien wie in weiteren europäischen Staaten aufgrund der vielen Ausländer eine immer grössere Abwehrfront bildete.

Von europaweiten Datenübermittlungen und der Zusammenarbeit der Polizei und vom Schengen-Raum hatte José natürlich noch nie etwas gehört. Von der

Vernetzung gewisser Daten auch nicht; von wem denn auch? Er stocherte in einem Teller Pasta herum und trank einen kühlen Weisswein, als er plötzlich wie elektrisiert aufschoss. Sybille und Miguel Ramos, sein Peiniger, betraten händchenhaltend die Terrasse des Hotels Eden Roc und wurden vom Ober freundlich an einen für sie reservierten Tisch geleitet.

„Zum Teufel noch mal, ich muss ruhig bleiben, denn zumindest er kennt mich noch allzu gut. Aber sie vielleicht auch. Es ist tatsächlich die Frau von damals am Strand. Sie wird immer attraktiver. Die geniessen ihren Aufenthalt hier wirklich wie die Fürsten."

José wohnte nicht weit weg an der Piazza in einem einfachen, aber gemütlichen und sauberen Hotel namens Elvetia. Der Name bedeute nichts anderes als Schweiz, so erklärte man ihm. „Der Patriotismus in diesem kleinen Land musste vermutlich gross sein, was man versteht, wenn man sich etwas länger umsah und hier verweilte." Mit diesen Gedanken war er die wenigen Schritte von der Piazza hinüber zum Eden Roc geschlendert und ass dort einen Teller ausgezeichnete Pasta, als er die überraschende Begegnung hatte.

„Und jetzt muss ich konkret planen, wie ich mich an Ramos räche, obschon ich dies in Gedanken schon tausendmal durchgespielt habe. Lasse ich ihn auch am Leben und damit am Leiden oder werfe ich ihn in den See? Die Strafe, so wie ich weiterleben zu müssen, ist grösser als ein Ende mit Schrecken. Also: Mit gleicher Münze zurückzahlen, nur noch etwas schrecklicher und schmerzvoller. Ich will ihn sogar im Gesicht verunstalten. Die entsprechende Säure habe ich ja in meinem Reisegepäck, gut getarnt als Körpercrème."

24

In der Juniorsuite von Sybille und Miguel im Hotel Eden Roc lag anderntags ein Kuvert auf dem Salontischchen, von einem gewissen Senior José Albatros aus Santa Cruz, Teneriffa mit einer Einladung an die Bar im Hotel Giardino am nächsten Abend um 19 Uhr. Anlass war eine wichtige Besprechung für den Herrn Miguel Ramos, alles natürlich auf Spanisch. Dieser Herr Albatros erkundigte sich nach eventuellen Verkaufsabsichten in Bezug auf die Finca von Miguel Ramos auf der Insel Gomera. Der Verfasser dieser Zeilen war niemand anders als der frühere Pedro Romanos von der Insel Sal, Santa Maria, der Überlebende der beiden Vergewaltiger nach Miguels schauriger Attacke auf die beiden Romanos. Dessen Kompagnon hatte den fürchterlichen Eingriff nicht überlebt.

Wenn diese Zeilen eigentlich interessant und harmlos tönten, so schrillten bei Miguel dennoch alle Alarmglocken in seinem Kopf. „Wer weiss denn von meiner Finca, die ich über einen Strohmann gekauft habe, um unbekannt und unerkannt zu bleiben? Wo hätte ich jemals zu jemandem gesagt, ich ziehe einen Verkauf in Betracht? Irgendetwas ist hier oberfaul, aber ich will der Sache nachgehen", war der knappe Kommentar von Ramos.

„Wenn mich jemand reinlegen will, dann bitte nicht hier an diesem Ort und auf diese plumpe Weise. Kein Mensch interessiert sich doch in Ascona für eine Finca auf Gomera, besonders nicht für eine so abgelegene wie meine. Und der Verhandlungspreis ist auch ziemlich idiotisch angesetzt, denn dafür kauft man auf der Hauptinsel der Kanaren eine Traumwohnung."

„Wer hat uns dieses Kuvert ins Zimmer gelegt?", fragte Sybille ziemlich aufgebracht an der Rezeption.

„Frau Sommer, das war eine komische Situation", versuchte sich der Mann hinter den Tresen zu entschuldigen. „Da kam ein kleiner Junge angetrollt und gab das Kuvert mit dem Hinweis ab, dass es auf Zimmer 312 gelegt werden soll. Es wäre sehr wichtig. Auf meine Frage, wer ihm den Auftrag gegeben habe, meinte der Junge: ‚Ein fremder Mann. Er gab mir zehn Franken für diesen Botendienst. Das ist alles, was ich sagen kann.' So gab ich das Kuvert gleich dem Zimmermädchen mit, das Ihre Suite für den Abend herrichten wollte. Ich weiss, das war etwas dumm von mir und ich hätte dies Ihnen zuvor erklären müssen, ja, das Kuvert sogar auf Sprengstoff und dergleichen kontrollieren lassen. Ich bitte tausendmal um Entschuldigung. Es herrschte in jenen Augenblicken sehr viel Betrieb bei mir, und dann unterlaufen einem solche Flüchtigkeitsfehler."

„Nun, es ist ja nichts passiert. Wir wollten nur wissen, wer dahintersteckt. Wir kennen nämlich keinen diesbezüglichen Herrn. Vergessen wir die ganze Sache."

„Aber ich gehe trotzdem hin", meinte Ramos bestimmt. „Ich muss wissen, wer und was sich dahinter verbirgt. Kein Mensch kennt mich hier und kein Mensch weiss offiziell, dass ich hier bin. Und ich wiederum kenne keinen Menschen mit Namen José Albatros. Wo ist dieses Hotel Giardino?"

„Gar nicht weit von hier. Aber ich komme auch mit. Auch ich will wissen, wer uns hier ausfindig gemacht hat. Alles ist äusserst komisch, ja, vielleicht gefährlich. Denk an deine Vergangenheit, Miguel. Rache ist einer der Haupttriebe des menschlichen Herzens", liess sich Sybille besorgt vernehmen.

„Eben, gerade darum lass mich allein hingehen. Die Sache wird sich gewiss schnell aufklären."

Ein Anruf von Sybille im Nobelhotel Giardino ergab, dass natürlich keine Auskunft über die Gäste gegeben werde, aus Gründen der Diskretion. Die höfliche Nebenfrage, man sei nicht sicher, ob ein Herr Albatros von den Kanarischen Inseln schon eingetroffen sei, wurde immerhin mit einem Nein beantwortet.

Für Albatros alias Romanos selbst wäre auch das Giardino gewiss ein Traum zum Residieren gewesen, aber dort kostet eine Nacht vermutlich mehr als in seiner Herberge eine ganze Woche. „Immerhin, an die Bar kann man sich ja mal vorwagen. An einem solchen Ort trifft sich die Welt und einzelne Besucher bleiben beim Personal nicht so präsent, wenn sie sich nicht auffällig benehmen.

Aber warum eigentlich den Umweg über das Giardino? Ich kann doch noch heute Abend mal schlankweg ins Eden-Roc vorstossen, das eine direkte Seeanbindung und einen prächtigen Garten besitzt, um den Hund dort zu „beschneiden" und etwas zu verunstalten. Dazu wollte Albatros bei einem Drink an der Bar oder auf der Terrasse ein paar K.O.-Tropfen ins Glas von Ramos fallen lassen. Gerade so viel, um nachher einen scheinbar Betrunkenen diskret aus dem Haus an die frische Luft zu führen.

Einige Änderungen an seiner äusseren Erscheinung waren dazu nötig, um nicht sofort erkannt zu werden. Aber das waren Kleinigkeiten für einen gerissenen ehemaligen Kellner von den Kapverden.

25

Bei allen Verkleidungen und Täuschungsmanövern denken wohl die wenigsten Menschen darüber nach, dass es doch etwas Verräterisches geben kann, das die eigentliche Identität preisgibt:die Gangart. Für ein geübtes Ohr hat der Gang eines Menschen, natürlich auch die Art seines Schuhwerkes, eine eigene Melodie. Und in einem Nobelhotel trägt man am Abend an der Bar gewiss keine Turnschuhe oder geht sogar barfuss. Auch sind vor allem im Süden billige und auch teure Teppiche eher die Ausnahme. Man liebt dort einen edlen Steinboden, wobei Marmor natürlich die Königin der Steine ist.

Der Zufall wollte es, dass José Albatros, der frühere Pedro Romanos, seinen linken Fuss unmerklich etwas nachzog, und dies nach einer Verletzung infolge eines Motorradunfalls vor etlichen Jahren.

Die Eingangshalle des Eden Roc ist immer auf Hochglanz poliert und auch der edle Steinboden ist so sauber, dass man ohne Weiteres davon essen könnte. Links führt eine Abzweigung in die sehenswerte Bar und deren grossartige Terrasse. Hier wiegte Sybille die kleine Sonja auf ihren Armen, die sich das vergnügt gefallen liess, und Miguel Ramos blickte wie ein stolzer Vater auf die beiden und wünschte sich nichts sehnlicher, als solcher von Sonja und natürlich auch als Mann von Sybille akzeptiert zu werden, bis er aus seiner Träumerei je aufschreckte.

„Diesen Schritt, diesen Gang kenne ich doch. Er hämmerte nach dem furchtbaren Durchleben tage- oder wochenlang in meinem Kopf wie eine verrückte Melodie des Todes. Ist der Hund Romanos, jetzt also Albatros, mir wirklich auf den Fersen und stammen womöglich die kuriosen Zeilen von heute wegen meiner Finca auf Gomera von diesem Mistkerl?"

Die Schritte, die ihn so elektrisierten, kamen näher, durch die Bar auf die Terrasse, auf der die ersten Schatten der kommenden Nacht sich ausbreiteten. Im Moment erkannte Miguel den Mann nicht. Lag es an der einsetzenden Dämmerung oder an der Verkleidung? Es trug wohl beides dazu bei. Was so ein künstlicher Schnauzer, eine andere Frisur, eine Sonnenbrille und ein paar Accessoires wie breiter Gürtel, farbiger Schal anstelle von Fliege oder Krawatte ausmachen, selbst dann, wenn sich eine Figur in die Seele gebrannt hat. Aber da war dieser typische, leicht schlurfende Schritt, der unverkennbar auf den einen der beiden Romanos hindeutete.

Und jetzt erkannte er endlich Ramos und erschauderte einen Moment, als sich dieser Signore an einem freien Tisch neben ihnen niederliess und eine Cola bestellte.

„Der will offensichtlich nüchtern bleiben. Auf den Kapverden soff er Schnaps wie ein Loch", dachte Miguel und versuchte, seine Gesichtszüge wieder völlig unter Kontrolle zu bringen, was Schwerstarbeit bedeutete.

Jetzt hatte der Saukerl doch die Unverfrorenheit, sie anzulächeln und leise zu sagen: „Buona sera, Signori. Gestatten Sie, José Albatros aus Santa Cruz de Teneriffa."

„Good evening, Sir", entschlüpfte es Sybille, die auch ganz bleich geworden war.

„Oh, English or USA?", fragte der Mann nach einem Schluck eisgekühlter Cola.

„No, simple international", lächelte nun Sybille, allerdings verzerrt. Sie flüsterte Miguel im schweizerdeutschen Dialekt zu, denn sie vermutete stark, dass sie Spanisch sofort verraten würde: „Das ist einer der Dreckskerle, die mich auf den Kapverden vergewaltigt haben. Man sollte ihn umbringen."

In einem holprigen Dialekt antwortete Miguel flüsternd zurück: „Das will der vermutlich mit mir oder mit uns auch. Wimmernd hat er mir damals gesagt, er würde mir folgen bis ans Ende der Welt. Für ihn oder mich ist dieses Ende vermutlich nun gekommen."

„Schöner Platz hier", versuchte Albatros, die Konversation nun weiter zu gestalten.

„Oh ja. Sprechen Sie Spanisch? Müsste ja sein, wenn Sie von den Kanarischen Inseln kommen."

„Ja, meine Muttersprache. Merkt man das?"

„Ihr Italienisch ist ein wenig holprig. Wechseln wir also zu Spanisch oder Deutsch? Kennen Sie die wunderschöne Pergola hier, direkt am See? Bänke und Tische aus feinstem Tessiner Granit und die Weintrauben wachsen einem nahezu in den Mund. Hotelbesucher dürfen davon sogar etwas naschen."

„Ich bin an herrlichen Orten immer interessiert. Haben Sie die Liebenswürdigkeit, mir diese Pergola zu zeigen? Ich bin neu hier, erst vor kurzer Zeit angekommen."

„Ja, ein herrlicher Ort zum Sterben", dachte Miguel und sagte laut: „Mit Vergnügen. Meine Frau bringt nur unser Kind ins Bett. Wir können unter Seniores ja auch ein paar Minuten allein verbringen."

„Oh, verstehe. Aber das ist schade. Ich bin gerne von schönen Frauen umgeben und ihr wunderhübsches Kind hat irgendwie etwas Spanisches im Blut und im Gesicht."

Sybille dachte bei diesen Worten: „Du Stinkstiefel, du erkennst mich wieder und willst mir einen Hieb versetzen mit meiner Sonja. Meinst du denn wirklich, du Sauhund, du hättest mich damals am Strand geschwängert? Aber eben, zum Teufel: Möglich ist alles. Wann endlich bleibt auch in dieser Sache mal alles ruhig?"

Mit eiskalter Stimmer meinte sie zu Albatros alias Romanos: „Danke für das Kompliment, aber unser Kind ist jetzt wirklich müde" und hernach in Mundart zu Miguel: „Töte ihn, wenn du kannst. In meiner Handtasche befindet sich ein Schweizer Offiziersmesser, das ich seit jenen Tagen auf den Kapverden stets bei mir trage. Die grosse Klinge sollte genau bis ins Herz reichen, wenn dieser Unmensch überhaupt eines hat."

Sie liess ihre Handtasche stehen und entfernte sich mit einem seltsam anmutenden, stelzenden Gang. Miguel hatte das Messer schnell in der Hand und dann in seiner Jacketttasche. Er meinte zu Albatros: „Nur einen Moment, meine Frau hat ihre Tasche vergessen und darin steckt der Zimmerschlüssel. Ich bin sofort wieder da. Bestellen Sie für uns zwei Whiskys in die Pergola?"

„Aber sicher. Scotch mit etwas Eis und Wasser?"

„Wie? Ach so, ja, gerne. Mit viel Wasser, denn ich bin immer noch sehr durstig."

26

Am Fahrstuhl holte er Sybille ein und sie meinte zu ihm ganz aufgeregt: „Ich komme nachher sofort auch zur Pergola runter und werde mit Vergnügen mit dem Messer zustechen. Hoffentlich schreit der Hund nicht so, dass das halbe Haus hier zusammenläuft. Ich habe auch Pfefferspray in der Tasche. Nimm es sicherheitshalber auch mit, den es ist sehr wirksam, weil der Gegner plötzlich nichts mehr sieht und nur noch höllisches Brennen in den Augen verspürt."

„Sybille, bitte bleibe mit Sonja im Zimmer und bete für mich. Das ist das Gescheiteste."

„Beten *und* arbeiten, so hiess es früher in den Klöstern. Jetzt arbeiten wir. Beten wollen wir später, und zwar dafür, dass die Polizei uns nicht erwischt. Wegen eines solchen Mistkerls noch jahrelang hinter Gitter zu kommen, wäre ja absurd. Ich gebe Sonja ein kleines Schlafmittel, damit ich gleich wieder runterkommen kann. Niemand kann mich davon abhalten. Bitte geh jetzt, Miguel, und versuche nicht zu widersprechen."

Kopfschüttelnd sprang Miguel wieder Richtung Bar, bis ihm plötzlich einfiel: „Nicht rennen hier in diesem

Nobelschuppen. Das fällt nur auf und wird registriert, denn hier nimmt man sich und hat man Zeit und zeigt auch eine gewisse Noblesse." So wurde aus seinem Rennen ein schnelles Schreiten, wenngleich alle seine Nerven zu flattern schienen.

José Albatros schlenderte bereits über den gepflegten und satten grünen Rasen, der jeden englischen Schlossbesitzer entzückt hätte, vorbei an exotischen Blumenarrangements und südlichen Pflanzen, die im Normalfall jedes Auge bezaubern. Ein grosser Aussenpool grüsste aus dem Dunkel, denn er war hell erleuchtet. Ein Unentwegter drehte noch seine Runden. „Wenn dieser Kerl nur dann endlich verschwindet, denn sonst ist da unten um die Zeit die ganze Anlage menschenleer", dachte Miguel grimmig und holte José bald ein.

„Ah, da sind Sie ja wieder, Senior. Ich war schon in Sorge, die beiden Scotch allein trinken zu müssen. Wirklich ein schöner und gepflegter Park, ein Superhotel und eine traumhafte Gegend hier. Bei meinem nächsten Besuch in Ascona will ich auch in diesem Haus wohnen. Sie kennen das vermutlich schon längere Zeit?", fragte José.

„Vom Hörensagen schon, aber meine Frau und ich wohnen das erste Mal hier und wir sind nicht enttäuscht. Sehr gepflegt alles. Luxus hat natürlich seinen Preis. In der Schweiz sowieso. Sehen Sie, hinter uns kommt schon der Whisky. Auch der Service hier ist hervorragend, diskret und freundlich", antwortete Miguel.

„Ich und meine Frau", dachte José grimmig. „Dabei sind die beiden gar nicht verheiratet, denn sie wohnen ja auf Gomera zwei Kilometer auseinander auf ihren separaten Fincas. Und es wird auch nie dazu kommen", sann er seine teuflischen Gedanken fort.

„Du wirst nie in diesem Haus wohnen, du Hund, sondern auf dem Grund des Lago hier, und der ist an gewissen Stellen sehr tief, wird dein Leib verwesen oder von den Fischen gefressen werden. Und wenn es eine Hölle gibt, wirst du in wenigen Augenblicken dort schmoren." Das waren die Gedanken Miguels. Laut aber sagte er: „Da vorne, sehen Sie, die äusserst nette Pergola, direkt am Wasser?"

„Ja, sehr schön, wie alles hier."

Der Kellner meinte nach dem Abstellen der beiden Gläser „Salute Signori!"
und die beiden antworteten mit „Graciás".

„Da sieht man, wir bringen das spanische Blut nicht aus unseren Adern", lächelte José und sagte dann leichthin „Grazie, Signore". Er machte sich an den beiden Gläsern etwas zu schaffen, wollte dies unauffällig tun und wirkte irgendwie gerade dadurch auffällig. Miguel merkte sich das Glas, in das die K.O.-Tropfen rollten und wechselte diese in einem günstigen Moment wieder aus, dann, als Sybille wie eine Filmdiva in der

Pergola auftauchte und beide Herren vorwurfsvoll fragte: „Für mich habt ihr nichts bestellt? Wie galant."

„Wird sofort nachgeholt", riefen beide Männer gleichzeitig.

„Nicht nötig, danke. Es ist zwar immer noch schön warm heute Abend, aber allzu lange möchte ich mich hier nicht aufhalten.

Beide nahmen die vertauschten Gläser in die Hand. „Jetzt nochmals auf Spanisch: Salut, Senior!"

„Salut! Sie haben mein Schreiben bekommen, Senior Ramos? Ich bin zwar einen Tag zu früh und im falschen Hotel. Aber wir können gewiss auch heute und hier die Sache besprechen."

„Ja, und ich finde es, ehrlich gesagt, schon etwas komisch. Woher kennen Sie mich mit Namen und meine kleine und eigentlich geheime Finca auf Gomera?"

„Oh, ich kenne inzwischen Ihre Finca und die von Frau Sommer, die nicht Ihre Ehefrau ist, ganz gut. Ich durchstreifte lange genug die Insel Gomera. Eine wilde und schöne Gegend für Romantiker, die aus dem üblichen Leben mit seiner Hast aussteigen wollen."

Die letzten Worte kamen José Albatros schon etwas zögerlich und mühsam über die Lippen. Vermutlich wirkten die K.O.-Tropfen schon etwas. So entschloss sich Miguel, die Katze aus dem Sack zu lassen.

„Sieh mal an, die mir von dir zugedachten Tropfen wirken schon. Gläser kann man leicht vertauschen bei Lüstlingen, die auf schöne Frauen starren, obschon sie nicht mehr viel Unheil mit ihnen anrichten können. Wie viele dieser Tropfen wirken denn tödlich? Ich will dich nämlich umbringen, Pedro Romanos von der Insel Sal der Kapverden. Ich habe dich erkannt, du hast meine Frau vergewaltigt, die anschliessend in den Tod ging, und du Missgeburt hast auch Frau Sommer am Strand beim Hotel Pestana Tropico in Praia missbraucht. Die Stunde der endgültigen Abrechnung ist gekommen."

„Du Dreckskerl hast mich damals zum Krüppel gemacht, und mein Freund Ernesto ist sogar an den Verletzungen gestorben", murmelte José mühsam hervor.

„Damit du und dein Freund endlich lernen, mit dem Hirn zu denken und nicht mit den Geschlechtsteilen. Darum habe ich euch diese abgeschnitten" Nun aber sah Miguel, dass José alias Pedro schon halb schlief.

„Bitte Sybille, kein Blut hier von dem Drecksack. Man würde uns automatisch damit in Verbindung bringen. Würdest du versuchen, den Schlüssel zu einem der hoteleigenen Boote an der Rezeption zu erhalten, damit wir dieses Scheusal hinausfahren können auf den Sees. Schwindle einfach etwas vor, dass ein Freund von den Kanaren, der bald wieder abreist, noch den Wunsch geäussert habe, einmal mit einem Boot auf diesem wunderbaren Gewässer zu gleiten. Wir machen keinen Lärm und sind in einer guten Stunde zurück. Ein grosszügiges Trinkgeld öffnet gewiss das Verständnis. Inzwischen suche ich die K.O.-Tropfen in seinen Sachen und gebe ihm noch eine Portion obendrauf..."

27

Der Mann an der Rezeption schaute schon etwas skeptisch angesichts dieses ungewöhnlichen Wunsches und meinte: „Ich weiss gar nicht, ob es gestattet ist, um diese Zeit noch mit einem Motorboot auf dem Wasser zu sein."

„Aber wir sind doch hier nicht kleinbürgerlich und eng. Was macht es aus, wenn eine so kleine Nussschale mit einem Minimotor um neun Uhr abends noch ein wenig auf dem Wasser schippert? Tun sie dem Mann doch den Gefallen. Bei der geringsten Beanstandung von irgendwoher kehren wir selbstverständlich sofort um. Aber einmal am Abend noch um die Brissago-Inseln kreisen, ist doch keine grosse Sache. Also?"

„Hier haben Sie den Schlüssel zu einem der Boote. Es kommt gleich jemand, um Ihnen zu helfen."

„Nicht nötig. Die Nummer des Schiffchens steht ja auf dem Schlüssel. Wir sind schon so manchmal vom hoteleigenen Bootssteg ein- und ausgefahren, wir kennen den Weg, vielen Dank." Im Händedruck lag ein Hunderter, der auch dem Rezeptions-Mann eines Grandhotels mit goldenen Schlüsseln am Revers guttat.

„Warum nur ist die Dame so aufgeregt? Was bedeutet denn *ihr selbst* diese ungewöhnliche Fahrt?", fragte sich der Mann an der Rezeption im Stillen. Ungewöhnliche Trinkgelder für ungewöhnliche Dienstleistungen, das war er ja gewohnt, aber eine solche gab es für ihn noch nie. „Na ja, lassen wir den Leuten ihre Verrücktheiten."

Miguel hatte etliche Mühe, das kleine Boot in der Nacht aus dem Minihafen des Hotels zu schippern und bei der Pergola anzulegen. Noch grössere Mühe bereitete beiden das Verstauen Josés im Boot. Alle drei wurden dabei durch und durch nass. Nach viel Schlepperei und Zererei am Boden und durchs Wasser waren sie schliesslich keuchend und pudelnass am Ziel und konnten loslegen. Der Weg zu den nahe gelegenen Brissago-Inseln täuschte. Sie scheinen so nahe, sind aber im Wasser gar nicht so schnell zu erreichen, denn das Motorboot war ja wirklich kein Renner, sondern ein Schleicher.

„Wir fahren noch ein Stück weiter, bis wir vermutlich in Italien sind. Eine Grenze ist hier auf dem Wasser natürlich nicht zu bemerken, aber Grenzkontrollen gibt es gewiss zu den dümmsten Zeiten seitens beider Länder, schon wegen des Schmuggels. Man munkelte sogar von Minidrohnen, die von Schweizer Seite hier ab und zu eingesetzt werden. Es ist besser, den Kerl in Italien in den See zu schupsen. Die Polizei nimmt es dort gewiss nicht so genau mit der Untersuchung beim Auffinden eines unbekannten toten Ausländers.

Bestenfalls kann man sagen: Typisch Mafia oder lebensmüde oder Unglücksfall", erklärte Sybille. „Willst du ihm sicherheitshalber nicht noch ein paar Stiche mit dem Messer geben, falls er ein guter Schwimmer ist und durch das kühle Wasser wieder erwacht?"

„Nein, denn das Blut am oder im Boot würde uns verraten."

„Dann wenigstens eine Ladung Pfefferspray in die Augen, damit er Schmerzen leidet und total abgelenkt wird. Schwimmen wird für den Dreckskerl dann ziemlich schwierig bis unmöglich. Schade ist nur, dass wir nichts dabei haben, um ihn zu beschweren und ans Bein zu binden. In der Regel treiben Wasserleichen mit der Zeit wieder nach oben und können so gesehen werden",
setzte Sybille die fürchterliche Diskussion fort und gab Miguel das Spray. „Öffne ihm bitte für ein paar Momente die Augen, kurz bevor wir ihn über Bord ins ewige Vergessen schicken."

„Meinst du, es gibt ein ewiges Vergessen, wenigstens für uns in dieser elenden Sache?"

„Ich hoffe es sehr."

„Tuckern wir noch etwa zehn Minuten weiter, und dann weg mit ihm und zurück ins Hotel. Die werden sich sowieso wundern, dass wir so lange in der Nacht auf dem Lago waren. Wir müssen uns noch eine Ausrede einfallen lassen. Hoffentlich reicht der Treibstoff noch, denn um diese Zeit können wir nirgends welchen auftreiben."

„Ja, eine gute Ausrede ist wichtig. Ich habe nämlich gesagt, eine Bootsfahrt für eine Stunde. Bis wir wieder beim Hotel sind, werden es drei sein, immer vorausgesetzt, dass der Treibstoff noch reicht. Andernfalls übernachten wir hier hilflos auf dem Lago."

28

Ziemlich unterhalb der Brissago-Inseln wähnten sie sich in italienischen Gewässern, sprayten das halbe Gesicht voll mit dieser Pfefferpistole. Ein Schmerzensschrei, ein Schups ins Wasser. Allerdings schwankte ihr Boot dabei grausam und sie mussten sich sehr in Acht nehmen, dass nicht alle in den See fielen. Nach heftigem Schaukeln versank José Albatros wie ein Stein im dunkel gewordenen Lago, der aber immer noch ruhig dalag wie ein dunkelgrau-schwarzes Leichentuch.

Schweigend wendeten sie das Boot und tuckerten zum Hotel zurück. Dabei kam ihnen der Weg unendlich weit vor. „Nicht umsonst heisst der See hier in Deutsch der Langensee, obschon wir hier noch ganz weit oben sind. In diesem Tempo bräuchten wir bis zum südlichen Ende zwei Tage, denn der See ist tatsächlich 66 Kilometer lang und an seiner tiefsten Stelle 372 Meter tief", warf Sybille ein, um die unheimliche Stille zu unterbrechen.

Sie hatten beide ihre Rache gestillt, aber es kam absolut kein Hochgefühl auf. Im Gegenteil, unabhängig voneinander bedrückte beide ein gewisses

Schuldgefühl. „Es blieb uns ja nichts anderes übrig, denn sonst hätte der verrückte Kerl uns umgebracht."

„Ja, immerhin ein Trost, wenn auch ein schwacher, und keine dumme Ausrede. Denn hier wäre er wohl nie vor ein Gericht gekommen und abgeurteilt worden."

„Hoffentlich blüht uns das nicht."

Nun, in Brissago zieht sich die Grenze nicht einfach als klare und gerade Linie über das Gewässer, sondern verläuft etwas im Zickzack. Während drüben am andern Ufer bis zur Mitte des Lago längst Italien liegt, verläuft die Grenze unterhalb Brissago noch ein ganzes Stück südlicher. Vermutlich hatten Miguel und Sybille die Schweiz bei ihrem Bootstrip gar nicht verlassen.

An der Rezeption wurden sie vom Nachtportier mit etwas grossen Augen empfangen, als sie morgens um halb zwei den Schlüssel zu Boot abgaben und erklärten, ihr Gast wollte unbedingt noch in Brissago aussteigen und die Gegend erkundigen. Er zeige vielleicht Interesse an einem Wohnungskauf. Und das hätte ihre Rückkehr derart verzögert. In der Juniorsuite schlief Gott sei Dank Sonja wie eine kleine Prinzessin auf einer Wolke.

Nur, auch in Brissago war um Mitternacht bestimmt kein Immobiliengeschäft noch geöffnet. Was da aber überall privat abläuft, wer weiss das schon, schoss es dem Mann an der Rezeption durch den Kopf.

Die Rückkehr nach den Kanaren kam für Sybille und Miguel näher. In gut drei Tagen war ihre Abreise geplant und sie mochten einfach nicht daran denken. Da geschah etwas, was ihnen diese Abreise leichter machte, ja, was sogar wie eine Erlösung aussah.

Gute zweihundert Meter von der Grenze zu Italien entfernt, aber eben noch auf Schweizer Gebiet, wurde zwei Tage nach der nächtlichen Bootsfahrt eine Leiche ans Ufer gespült. Wasserleichen sehen im Allgemeinen nicht schön aus, aber diese zeigte eine fürchterliche Fratze. „Warum konnte dieser Kerl nicht ein paar Schritte weiter südlich an Land gespült werden, dann hätten die Italiener das Vergnügen", fluchten die eilends herbeigerufenen Polizisten vor sich hin. „Sollen wir den Kadaver nicht einfach wieder ins Wasser werfen und auf eine für uns günstige Strömung warten?"

„Saublöde Frage. Die italienischen Zöllner haben uns ja bereits gesehen und gewiss auch fotografiert. Also, ab mit dem grauslichen Fund ins gerichtsmedizinische Institut nach Bellinzona. Sollen die Fachleute sich dort vorerst mal den Kopf zerbrechen. Spuren haben wir hier keine. Unterirdische Strömungen und sich entwickelndes Gas aus einem im Wasser liegenden Leichnam können diesen heben und weitertreiben. Wir wissen ja bis jetzt nicht mal, wer der Mann ist und ob es ein Unfall oder ein Verbrechen war."

Nun, die Zeitungen und das lokale TV hatten wieder mal interessantes Futter anzubieten. So wurden in den

Headlines bereits wagemutige Theorien entwickelt und Fragen gestellt, die alle kitzelten. Die Spitze erreichte zweifellos folgende Mitteilung: „Wer kennt einen vor Jahren am Unterleib beschnittenen Mann, der angeblich nun im Lago Maggiore ertrunken ist?" Es folgte ein etwas retuschiertes Brustbild des Toten, das nicht gar so grauslich wirkte, aber trotzdem die Fantasie anregte.

„Wer von euch hat denn diesem Pressefritzen gesteckt, dass der Mann praktisch von seinem Geschlechtsteil ‚befreit' wurde?", brüllte der Polizeichef von Locarno-Ascona. „Natürlich niemand, ist ja klar. Auch wenn dieser Hinweis gewiss ein paar Hundertfranken-Scheine einbringt. Verdammte Scheisse. Sind dann alle käuflich?", murrte er weiter und überlegte dabei aber immerhin, ob er nicht auch für ein schönes Trinkgeld den Mund aufgemacht hätte. Schaden anrichten konnte dies ja nicht mehr. Aber ein paar Banknoten in der Tasche, steuerfrei und ohne Wissen der eigenen Frau, das ist doch was.

Im Hotel Elvetia erkannten die Leute anhand des Fotos sofort ihren Gast, der spurlos und ohne zu zahlen verschwunden war. Sein Gepäck und alle persönlichen Sachen waren aber immer noch im Zimmer. Durch die Spurensicherung konnten nun endlich Name, Nationalität und weitere Angaben sichergestellt werden. Auch im Eden Roc erkannte der Concierge und zwei Angestellte an der Bar den Mann wieder und bezeugten, dass er vor zwei Tagen am Abend die Bar aufsuchte und mit Herr Miguel Ramos und Frau Sybille Sommer einen Drink in der Pergola nahm. Zudem habe er den sonderlichen Wunsch gehegt, noch abends relativ spät mit einem Boot eine kleine Fahrt auf dem Lago zu unternehmen.

„Die Zimmernummer der Herrschaften? Aber gewiss. Er ist Spanier von den Kanarischen Inseln und sie Schweizerin, die aber auch dort wohnt", antworteten brav und pflichtbewusst der Kellner und der Concierge der Polizei, nur dass hier für Auskünfte natürlich keine Banknoten den Besitzer wechselten.

Es folgten lange Befragungen für Miguel und Sybille, immer wieder die gleichen Fragen mit etwas anderem Wortlaut. Von Bellinzona war extra ein Polizeibeamter mit Spanischkenntnissen hergekommen. Sie wussten, dass ihre Geschichte etwas dürftig und gekünstelt klang. Aber niemals wollten sie alte Geschichten aufwärmen und dabei unter Mordverdacht fallen. „Unter Mordverdacht? Sind wir bereits, machen wir uns nichts vor", meinten sie zueinander in einer kleinen Gesprächspause.

„ Es konnten Pfeffersprayspuren im Gesicht festgestellt werden. Signora, haben Sie solches immer dabei? Zeigen Sie uns bitte mal alle Ihre Handtaschen", wurde Sybille aufgefordert. Und dies, nachdem ihr Zimmer und auch das Boot, mit dem sie hinausfuhren, schon eingehend untersucht wurden.

„Nun, in anderen Ländern habe ich in gewissen Situationen mal Pfefferspray dabei, aber doch nicht in der Schweiz. Nur, wenn Sie in einer meiner Taschen

Rückstände finden sollten", reagierte darauf Sybille ziemlich unwirsch. Eine weitere Kontrolle ergab nichts, aber ein Anfangsverdacht blieb und konnte nicht ausgeräumt werden.

„Oh, das können Sie inzwischen auch in der Schweiz gebrauchen. So sicher ist es auch hier zu Lande nicht mehr. Die Globalisierung, der Tourismus, offene Grenzen und viele andere Phänomene unserer Zeit lassen auch die Schweiz nicht zu einer Insel werden", erwiderte der Untersuchungsbeamte während des langweiligen und doch aufregenden Prozedere.

„Wissen Sie, was unser Gerichtsmediziner in Bellinzona inzwischen noch herausgefunden hat?"

„Sie werden uns dies gewiss gleich sagen."

„Dass vermutlich bei Herrn Albatros eine grosse Portion K.O.-Tropfen verwendet wurde. Nur sind diese schwer nachzuweisen. Sie können verschiedene Wirkstoffe enthalten wie zum Beispiel Gamma-Butyrlocation. Ähnliche Wirkstoffe finden sich auch in Betäubungsmitteln und starken Psychopharmaka", dozierte der Polizist weiter.

„Sie fänden sich auch auf dem Grund des Lago Maggiore auf der Höhe von Brissago", dachten Sybille und Miguel, sagten aber laut: „Und? Konnte in diesem Fall etwas nachgewiesen werden?"

„Wir sind immer noch dran. Halten Sie sich darum zu unserer Verfügung!"

„In zwei Tagen geht unser bereits schon einmal verschobener Flug nach den Kanarischen Inseln. Wir haben dort beide unseren festen Wohnsitz und hinterlassen Ihnen gerne unsere Anschrift. Sind Sie damit zufrieden?"

„Ich muss meinen Vorgesetzten fragen. Morgen kriegen Sie Bericht. Sie wollten doch bestimmt nicht schon heute abreisen?"

„Nein, im Gegenteil, wir überlegten sogar zu verlängern. Aber wenn man uns behandelt wie Verbrecher, gehen wir lieber."

„Wir tun nur unsere Pflicht und das in höflicher Form", erwiderte der Polizist mit verhaltener Wut. Auch eine Nachfrage der Tessiner Polizei in Las Palmas auf Grand Canaria brachte wenig zu Tage. Der Senior José Albatros sei eigentlich von den Kapverden zugewandert und habe wie ein Verrückter die Kanaren auf der Suche nach einer Möglichkeit abgeklopft, dort irgendwo in Frieden und Ruhe seinen Lebensabend zu verbringen. Er blieb bis vor Kurzem auf La Gomera und versuchte angeblich, dort eine Finca zu kaufen. Keine Verwandten und Freunde, nicht mal Bekannte habe er. Eine Nachfrage in Cabo Verde bringt auch nichts, da er vermutlich seinen Namen gewechselt hat und dort als unbekannt galt. „Was, kastriert ist der Herr gewesen? Eigenartig, aber wissen Sie, bei uns in Afrika herrschen noch Sitten und Gebräuche, die manche zwar verurteilen, aber manchmal zur Abschreckung auch ihr Gutes haben"

„Sie fragen uns, ob wir die Leiche zurückhaben wollen. Nein, um Himmels willen nicht. Sparen wir uns den Aufwand. Ihr kennt doch in der Schweiz auch die so genannte Kremonion?"

„Kremation, das heisst Verbrennung der Leiche."

„Ja, kennt man bei uns leider noch viel zu wenig. Ich wüsste da etliche, die sofort einverstanden wären, ob mit einer Leiche oder Lebenden. Hahaha. Also verbrennen und ab mit der Asche in ein unbekanntes Grab. Vielleicht spricht ja jemand noch ein Gebet."

So endete der Fall Albatros auf den Kanaren. Es wurde gar nicht erst eine Akte angelegt.

„Ganz ähnlich endet wohl auch bei uns der Fall, allerdings muss jemand den Mut haben, die Akte zu schliessen", meinte der Polizist, der mit Las Palmas telefonierte. „Soll ich dies gleich tun?"

„Warten Sie noch etwas. Vielleicht kommt von irgendwoher noch etwas auf uns zu. Ich habe nur gehört, dass auch unser Signore Miguel Ramos auf den Kapverden wohnte und auf die Kanaren übergesiedelt ist.
Das ist doch interessant, aber alles so undurchsichtig wie Tinte."

„Wo liegen den eigentlich diese Kapverdischen Inseln?"

„Vor Afrika. Haben Sie im Geografieunterricht gefehlt?"

„Wissen Sie, Chef, Afrika wurde bei uns nur ganz kurz abgehandelt."

„Ja, das ist heute noch so, nicht nur im Geografieunterricht. Man soll aber auf den Kapverden günstig Urlaub machen können."

29

Der Flug mit der „Edelweiss", einem Ferienflieger aus Zürich, nach Las Palmas war ziemlich unruhig. Manchmal wurden die Passagiere von richtigen Turbulenzen geschüttelt. Damit glichen die äusseren Umstände auch den inneren von Sybille und Miguel.

„Höre mir mal bitte zu, Miguel. Mich hat das Heimweh gepackt. Ich möchte den Rest meines Lebens in Zürich verbringen und werde meinen Immobilien-Mann beauftragen, meine Wohnung von den Mietern frei zu bekommen. Dies ist gut möglich, wenn man Eigenbedarf anmeldet. Du kannst sagen, was du willst, aber gegen das Heimweh ist kein Kraut gewachsen. Zudem braucht meine Sonja bald eine gute Schule und diese ist in Zürich besser zu erreichen als auf der Insel Gomera. Kommst mit mir, trotz des Vorfalls in Ascona? Ich hoffe, dass die Tessiner Polizei schneller vergisst als in der deutschsprachigen Schweiz."

„Jetzt kann ich unmöglich ein Aufnahmegesuch stellen, auch nicht als EU-Bürger, denn vergiss nicht, wir beide haben immerhin in Ascona einen Mord begangen, wenn auch an einem Scheusal, das aber den Namen Mensch trägt. Ob er je einer war, weiss ich nicht. Es wird hart, denn ich muss dich von Ferne lieben, tue dies aber Tag und Nacht. Willst du deine Finca verkaufen?"

„Ja, aber es eilt nicht. Gibt es wirklich keine Möglichkeit, dass du in die Schweiz einreisen kannst?"

„Doch. Mit einem neuen Namen und einem neuen Gesicht. Ich verschaffe mir eine ganz neue Identität und suche darum in Las Palmas auch einen Gesichtschirurgen auf, der in ein paar Operationen aus mir einen schöneren Mann macht, den du dann wirklich lieben kannst."

„Dummkopf! Ich liebe dich doch nicht einfach wegen deines Äusseren, sondern vor allem wegen deiner inneren Werte. Aber das wäre ein Weg. Wie lange würde das dauern?"

„Ich kann mir vorstellen, dass dies ein Jahr braucht und ein Vermögen kostet."

„Du kannst den Erlös meiner Finca dafür verwenden, wenn ich diese verkaufen kann."
„Danke! Das ist lieb von dir. Aber ich bin nicht ganz unvermögend.
Meine Eltern waren in Portugal früher gute Kaufleute und haben mir dort noch einiges hinterlassen. Ich wollte als Junge einfach die Welt entdecken und abhauen. Darum landete ich eines Tages als Kellner auf den Kapverden. Mein Leben hat eine bewegte Vergangenheit. Wenn du willst, darfst du alles wissen. Mein Leben hat aber nur eine wirkliche Zukunft mit

dir. Ohne dich existiere ich vielleicht, aber ich lebe nicht wirklich."

„Schön gesagt, Miguel. Aber denk daran, wenn ich vor dir in Zürich wäre, so sind die Kanaren vier Flugstunden weg. In Grossräumen dieser Welt wie Tokio, New York oder Shanghai braucht man manchmal ebenso lang, um von einem Ende der Stadt zum anderen zu kommen."

„Du kannst trösten. Aber trotzdem, ich werde gleich nach unserer Ankunft in Las Palmas eine Klinik aufsuchen. Wenn es das hier nicht gibt, so gehe ich nach Barcelona oder Madrid."

30

Von ihrem Immobilienberater in Zürich erfuhr Sybille, dass ihre Mieter in Zürich in einem Vierteljahr ausziehen und wieder nach Deutschland zurückgehen würden. Für Spezialärzte sei dort der Markt auch lukrativer geworden. „Ihre Mieter waren glücklich in Ihrer Wohnung. Nun aber hat man den Eindruck, sie haben Heimweh."

„Kann ich gut verstehen, ich nämlich auch. Halten Sie die Wohnung für mich frei, denn ich will auch zurück in die Schweiz. Können Sie mir mit dem Verkauf meiner Finca in Gomera auch behilflich sein?"

„Aber gerne, Frau Sommer. Wann kann ich damit beginnen?"

„Sofort! Wird die Finca zu früh verkauft, so kann ich in der Schweiz auch noch in einem Hotel wohnen, bis mein Domizil dort frei wird."

„Ich sehe da schon Möglichkeiten für einen Verkauf. Allerdings ist Gomera nicht gerade die Vorzeigeadresse. Aber es gibt immer gewisse Einsiedlertypen, die so etwas gezielt suchen, vor allem hier bei uns im regnerischen und nebligen Mitteleuropa."

„Verderben Sie mir nicht meine Vorfreude auf Zürich, einem Einsiedlertyp, wie Sie richtig bemerken, der sich aber wieder etwas gewandelt hat. Was denken Sie, welchen Preis kann man herausschlagen?"

„Ich kann nur sagen, solche Objekte werden immer seltener und sind darum sehr begehrt, ähnlich wie bei uns im Tessin die Rusticos, die man kaum mehr erhält. Man müsste einfach warten können, bis genau der Käufer auftaucht, bei dem es ‚Klick' macht. Der zahlt dann fast jeden Preis."

„Suchen Sie und ich warte, bis der beste Käufer kommt."

Die kleine Sonja wurde krank, ganz plötzlich und wohl sehr ernsthaft. Bis endlich ein Arzt herausfand, was sie plagte, vergingen bange drei Wochen. Sybille war mit ihrem Liebling in Las Palmas in einer Spezialklinik, in der festgestellt wurde, dass Sonja eine Art Leukämie hatte, die aber heutzutage mit Chemotherapie heilbar ist. Allerdings wurde Sybille empfohlen, für eine solche Behandlung nach Madrid oder Barcelona zu fliegen. „Die Onkologie ist dort einfach ein ganzes Stück weiter als wir hier", gab der Arzt offen zu. „Und wir wollen doch alle, dass Ihr kleiner Sonnenschein wieder ganz gesund wird."

So lagerte bald alles, was Sybille in die Schweiz zurücknehmen wollte, in Containern in Las Palmas, und einzelne Interessenten besichtigten die verwaiste Finca in Gomera.

In derselben Klinik in Barcelona lag auch Miguel, natürlich in einer ganz anderen Abteilung. Er hatte bereits den ersten Eingriff an seinem Gesicht hinter sich. Er sah jetzt aus wie eine verschrumpelte oder verletzte Orange. Aber er war glücklich, es ging in eine neue gemeinsame Zukunft. Der Arzt meinte, noch drei bis vier Eingriffe innerhalb von etwa zwei Monaten, dann käme der Moment des grossen Erschreckens über die grosse Endabrechnung, die keine Krankenkasse übernahm. Kosmetische Operationen trägt das eigene Portmonee.

Zum Glück war Sonja noch so jung und so klein, dass sie nicht über Nebenwirkungen der Chemotherapie klagen konnte, obschon man sah, dass sie litt. Natürlich vor allem unter dem Getrenntsein von Mama, die sie aber jeden Tag für längere Zeit besuchte, bevor sie dann auch noch bei Miguel hereinschaute und sagte: „Na, Senior Frankenstein, wie geht's?"
„Warte mal noch zwei Monate. Du wirst dann vor meinem Äusseren erblassen. Aber keine Sorge, innerlich bleibe ich derselbe. Jung und verträumt suchte man die Welt, später Anerkennung, dann gute Freunde, und man ist von allem ein wenig enttäuscht. Aber Suchender bleibt man, und zwar nach dem Sinn des Daseins und danach, wohin die Reise geht, wenn sie mal hier zu Ende ist. Eine allgemein schlüssige Antwort gibt es darauf nicht. Man muss glauben können. Das ist selbst in der Wissenschaft so, letztendlich ist auch dort Glaube erforderlich, denn man

kann nicht alles beweisen. Vieles besteht auf einer Annahme."

„Miguel, wenn wir beide endgültig in der Schweiz sind, lassen wir uns von den Tagesgeschäften nicht auffressen, sondern beschäftigen uns mehr mit solchen Dingen. Nur nicht so wie mein erster Mann. Dieser hielt alles Fernöstliche und Mystische für gut und christliches Gedankengut für primitiv und Blödsinn. Darüber gerieten wir uns oft in die Haare. Nicht ernsthaft, aber es flogen doch oft die Fetzen. Es kann doch überall ein Funke Wahrheit stecken, sogar in Märchen und Sagen", meinte Sybille.

„Wir werden eine interessante und wundervolle Zukunft haben."

31

Sonja genas und aus Miguel Ramos wurde Senior Ernesto Sanchez aus Barcelona, gebürtig aus Setubal in Portugal. Dort hatte der neue Sanchez zuvor alles verkauft, was er von seinen Eltern erworben hatte. Er war zwar masslos enttäuscht über einen seiner Ansicht nach schäbigen Preis, aber die Rezession und die Eurokrise liessen auch hier grüssen. Immerhin, ein Startkapital von einer halben Million blieb und liess ihn zunächst gewiss über die Runden kommen. Er las über Zürich, dass diese Stadt prozentual zur Bevölkerung mehr Restaurants aller Couleur hat als zum Beispiel Paris, Berlin oder New York.

„Vielleicht haben die dort noch einen Spanier oder ein portugiesisches Restaurant zu wenig", meinte er verschmitzt. „Ich kann doch unmöglich vierundzwanzig Stunden am Tag zuhause herumsitzen und meine süsse Frau ärgern."

„Die Wohnung in Zürich steht seit einer Woche leer und erwartet uns", platzte Sybille voller Freude darauf heraus. „Und Nachuntersuchungen für Sonja können wir auch in Zürich vornehmen. Wenn wir heiraten, wirst du Schweizer und bekommst den roten Pass, nach dem so viele lechzen. Den gefälschten spanischen würde ich behalten, im Fall der Fälle ich dich eines Tages wegen ungebührlichen Benehmens zurückschicke."

„Ja, Herrin. Wollen wir uns also noch hier in Barcelona standesamtlich trauen lassen? Wir könnten dann auf der nachgebauten Santa Maria, dem Schiff von Kolumbus, mit dem er Amerika entdeckte und das im Hafen vor sich hindümpelt, den Aperitif einnehmen."

„Dazu bekämen wir nicht mal eine Bewilligung, wenn wir mit dem König und seiner Familie irgendwie verwandt wären. Aber mir ist da ein Kirchengebäude bei einem Stadtrundgang aufgefallen, das das gleiche Logo, das gleiche Emblem trägt wie die Kirche in Praia, von der du erzählt hast und ein Erlebnis der besonderen Art für dich war. Wie steht es denn bei dir überhaupt mit der Religion? Möchtest du nicht eines Tages auch eine kirchliche Trauung? Wollen wir in jener Kirche mal nachfragen?"

„Ja, gerne. Dein Vorschlag freut mich. Es ist nur zu hoffen, dass diese Kirche auch solche Ehepaare segnet, die nicht Mitglieder der Gemeinde sind."

„Glaubst du überhaupt an einen Schöpfer und damit an eine Schöpfung? Oder tust du das alles ab mit der dümmlichen Frage, die man ja oft hört: ‚Was war zuerst, das Huhn oder das Ei?' Einem Schöpfer war es gewiss möglich, beides miteinander zu schaffen. Laut

Bibel aber sagte er: ‚in denen ihr Same ist, ein jeder nach seiner Art.' Ist denn alles so furchtbar schwer zu kapieren? Vermutlich liegt es daran, dass es manchen viel zu einfach ist. Aber alles Grosse und Edle ist einfacher Art. So, das war nun die Abschiedspredigt von Miguel Ramos. Aber sei beruhigt, der neue Ernesto Sanchez ist innerlich derselbe geblieben, den du kennst."

32

Sechs Wochen später waren sie in Zürich und damit in einem neuen Lebensabschnitt. Die Finca von Ernesto war bereits verkauft, die von Sybille noch nicht. „Wird schon noch werden, und sonst behalten wir sie als unser Feriendomizil, wenn hier mal eine zu lange Winterzeit vorherrscht", schlug Ernesto vor. „Wenn erst mein Restaurant richtig läuft, können wir uns das leisten."

Sie waren standesamtlich und kirchlich getraut und nun beide Schweizer Staatsbürger. Sonja besuchte bereits den Kindergarten und tollte mit neuen Freunden herum.

Zürich, auch Down-Town Switzerland, Weltstadt im Westentaschenformat, Little-Big-City genannt – von den einen heiss geliebt wegen der landschaftlichen Schönheit, des vielseitigen Angebots auf allen Gebieten, von den andern gehasst als puritanische Zwinglistadt und prüdes sowie trockenes Kuhdorf, von etlichen gemieden als Bankerstadt, in der nur eines zählt: Mit allen erlaubten und unerlaubten Mitteln Geld zu machen. Ja, was stimmt nun und wer hat Recht?

Alle ein bisschen. Und gerade das macht den Reiz Zürichs aus. Man ist in einer Viertelstunde aus der City in den grünen Hügeln, bald mal am See, in einer guten Autostunde schon im Gebirge und man wird nicht erdrückt von Prunkpalästen aus früheren Kaiserzeiten, weil es Kaiser hier nie gab. Darum ist aber auch alles pünktlich und sauber. Langweilig für die einen, wichtig und schön für die andern.

Man merkt erst, was das wert ist, wenn man dies alles nicht mehr hat.

Weitere Bücher von F.U. Ricardo bei Books on Demand

Alt werden braucht Mut
ISBN 978-3-8482-3277-2, Paperback, 196 Seiten
Bedeutungsloses Sein? Scheinwelten
ISBN 978-3-8482-5145-2, Paperback, 212 Seiten
Brot und Salz – Die Kerze
ISBN 978-3-8423-8366-1, Paperback, 300 Seiten
Der etwas andere Jakobsweg
ISBN 978-3-8482-1437-2, Paperback, 152 Seiten
Der Raub des Luzerner Mädchens
ISBN 978-3-8370-3802-6, Paperback, 164 Seiten
Die mystische Zahl Sieben
ISBN 978-3-8391-8774-6, Paperback, 200 Seiten
Doppelter Boden
ISBN 978-3-7322-4670-0, Paperback,168 Seiten
Drei Welten – drei Leben
ISBN 978-3-8370-9983-6, Paperback, 220 Seiten
**Eifersucht / Dramen am Weissfluhjoch und
am Tafelberg**
ISBN: 978-3-8423-8128-5, Paperback, 371 Seiten
Einsame Spitze – an der Spitze einsam?
ISBN 978-3-8423-3777-0, Paperback, 172 Seiten
Geld stinkt nicht – Brot und Spiele
ISBN 978-3-8448-1651-8, Paperback, 312 Seiten
Grosser kleiner Mann? – Kleiner grosser Mann
ISBN 978-3-8391-5212-6, Paperback, 180 Seiten
Kannibalen
ISBN 978-3-8482-6758-3, Paperback, 208 Seiten
Leuchttürme
ISBN 978-3-8391-1170-3, Paperback, 124 Seiten
Mit Scherz und Schmerz zum Herz
ISBN 978-3-8391-5285-0, Paperback, 168 Seiten
Nichts Neues! Wirklich?
ISBN 978-3-8391-1067-6, Paperback, 124 Seiten
Paradies und Hölle in Ascona / Schmelztiegel
ISBN 978-3-8423-7873-5, Paperback, 344 Seiten

Perlen im Wüstensand
ISBN 978-3-8482-0380-2, Paperback, 204 Seiten
Reicht ein Quadratmeter?
ISBN 978-3-8391-4807-5, Paperback, 136 Seiten
Reise nach (N)irgendwo – Immer zu klein

ISBN 978-3-8448-1251-0, Paperback, 272 Seiten

Rhonetal, Glück und Qual!
ISBN 978-3-8482-2612-2, Paperback, 144 Seiten

Sehnsucht Puszta
ISBN 978-3-8391-4148-9, Paperback, 140 Seiten

Späte Ehre
ISBN 978-3-8423-6031-0, Paperback, 168 Seiten

Tödliches Missgeschick im Frisiersalon?
Mord beim Italiener!
ISBN 978-3-8482-0983-5, Paperback, 240 Seiten

Unendlicher, unergründlicher Nil
ISBN 978-3-8423-8109-4, Paperback, 180 Seiten

Upstairs – downstairs
ISBN 978-3-8482-1155-5, Paperback, 164 Seiten

Wolken über der Toskana
ISBN 978-3-8391-4431-2, Paperback, 140 Seiten